KB170991

조선남자
朝鮮男子
-천능의 주인-

조선남자 10권

초판1쇄 펴냄 | 2020년 07월 23일

지은이 | K.석우
발행인 | 성열관

펴낸곳 | 어울림 출판사
출판등록 / 2009년 1월 23일 제 2015-000062호
주소 / 경기도 고양시 일산동구 무궁화로 43-55, 801호 (장항동, 성우사카르타워)
TEL / 031-919-0122
FAX / 031-919-0127
E-mail / 5ullim@hanmail.net

값 8,000원

ISBN 978-89-992-6691-1 (04810)
ISBN 978-89-992-6190-9 (SET)

ULIM MODERN FANTASY

K.석우 현대판타지 장편소설

조선남자

朝鮮男子

-천능의 주인-

어울림

조선남자

朝 鮮 男 子

-천능의 주인-

목차

본문에 등장하는 의학용어는 가급적 현재 의학용어에 맞게 사용할 예정입니다.

다만 의료상황이나 응급상황을 묘사함은 현실의 의료상황이나 응급상황과는 다른 작가의 작품구성 상 필요에 의해 창작되었음을 알려드립니다.

또한 본문에서 언급하는 지역과 인간관계, 범죄행위, 법과 현 시대의 묘사는 현실과 관계없는 허구임을 밝힙니다.

조선남자

朝 鮮 男 子

-천능의 주인-

탐욕의 대가(貪慾의 對價)

후욱— 후욱—

가늘게 이어지는 숨에 입술과 코 부분을 가리고 있는 투명한 플라스틱 마스크에 입김이 떠올랐다가 지워지고 있었다.

숨을 쉴 때마다 피어오르는 하얀색의 습기와 함께 가늘게 들려오는 숨소리마저 들리지 않았다면 침대 위의 사내는 이미 숨이 끊어져 죽은 사람이라고 해도 좋을 정도였다.

깡마른 얼굴과 움푹 들어간 눈자위는 영원히 깨어나지 않을 깊은 잠을 자는 모습으로 비쳤다.

침대 옆에 앉아서 잠이 든 모습으로 누워 있는 노인의 얼굴을 물끄러미 바라보고 있는 금발의 40대 여인이 안타까운 듯 링거바늘이 꽂혀 있는 노인의 가녀린 손을 부드럽게 매만졌다.

"어서 일어나세요, 회장님!"

여인의 목소리에선 애틋한 안타까움이 느껴졌다.

열린 창으로 부드럽게 들어오는 바람이 커튼을 살짝 흔들었다.

그것이 마치 침대 위에 누워 있는 노인의 대답인 듯 여인이 힐끗 머리를 돌려 창문을 바라보았다.

그때였다.

또각또각.

맑은 구두굽소리가 들리면서 일단의 남녀들이 노인이 누워 있는 방안으로 들어섰다.

창 쪽으로 시선을 던졌던 금발의 여인이 다급한 표정으로 자리에서 벌떡 일어섰다.

토마스 레이얼 회장의 전담간호사인 제니스 엘리언의 눈이 커졌다.

그녀의 눈에 들어온 사람은 침대에 누워 있는 토마스 레이얼 회장의 아내인 안젤리나 부인과 딸 에이미 레이얼이었다.

더구나 제니스 엘리언이 기억하고 있는 안젤리나 부인과

는 너무나 달라진 모습이었기에 제니스 엘리언의 눈이 찢어질 듯 부릅떠졌다.

아름답다는 말 한마디로는 지금의 안젤리나 부인과 에이미 엘리언을 평가할 수가 없을 것 같았다.

제니스 엘리언의 입이 벌어졌다.

"사, 사모님."

제니스 엘리언의 입에서 자신도 모르게 떨리는 목소리가 흘러나왔다.

단 한순간에 수십 년의 시간을 거슬러버린 듯 너무나 젊어진 안젤리나 부인의 모습이었다.

제니스 엘리언의 머릿속이 헝클어진 실타래처럼 복잡하게 얽혔다.

"세상에……."

안젤리나가 제니스 엘리언의 놀라는 모습을 보며 살짝 웃었다.

"훗! 나를 알아보시겠어요?"

안젤리나는 제니스 엘리언이 자신과 딸의 너무나 달라진 모습에 놀라고 있음을 직감했다.

하긴 자신도 딸과 자신의 달라진 모습에 소름이 돋을 정도로 놀랐기에 제니스 엘리언의 놀람은 당연하다고 생각했다.

"저, 정말 사모님이세요?"

더듬거리며 말하는 제니스 엘리언의 얼굴은 하얗게 질려 있었다.

자신이 주치의인 존슨 박사와 함께 토마스 레이얼 회장의 전담간호사로 일해 온 것이 벌써 15년이 넘었다.

자신이 토마스 레이얼 회장의 전담간호사로 채용되어 저택을 방문했을 때 처음으로 보았던 기억 속 안젤리나 부인의 모습도 지금보다는 나이가 든 모습이었다.

하지만 지금의 안젤리나의 모습은 제니스 엘리언도 놀랄 정도로 확실하게 젊어졌다.

올해 40살인 자신과 안젤리나 부인은 21년이라는 나이 차이가 있었지만 지금은 자신이 안젤리나 부인보다 20살이나 더 나이가 많게 느껴질 정도였다.

안젤리나 부인뿐만 아니라 토마스 레이얼 회장의 딸인 에이미 레이얼 아가씨도 훨씬 젊어진 느낌이었다.

아버지의 투병을 지켜보며 지쳐가던 모습과는 너무나 달랐다.

생기를 잃어가던 금발은 윤기가 흘렀고 꺼칠하던 피부에는 탄력이 느껴졌다.

영문을 알지 못하는 사람들이 지금의 안젤리나와 딸 에이미를 본다면 자매사이로 오해할 정도였다.

제니스 엘리언은 믿어지지 않는 두 여인의 모습을 보며 손까지 가늘게 떨었다.

그녀로서는 세월의 흐름으로 자연스럽게 늙어버린 사람이 다시 예전의 젊은 모습으로 돌아갈 수 있다는 말은 어디에서도 들어보지 못했다.

그건 그야말로 기적이 있거나 신의 힘을 빌려야만 가능한 일이었기에 지금의 상황에 머릿속이 하얗게 비워지는 느낌이었다.

제니스 엘리언의 충격을 받은 모습을 보며 안젤리나가 살짝 웃으면서 입을 열었다.

"그렇게 놀라지 말아요."

"사, 사모님."

제니스 엘리언의 눈이 초점을 잃고 흔들렸다.

지금 그녀는 마치 꿈을 꾸고 있는 듯한 느낌이었다.

어제까지만 해도 죽어가는 토마스 레이얼 회장보다 더 늙은 노파의 모습으로 남편의 임종을 기다리던 안젤리나였다.

삶의 희망이나 의지도 없이 죽어가는 남편을 보며 그녀 스스로도 남편처럼 천천히 죽어가고 있다고 생각이 들 정도였다.

하지만 지금의 안젤리나의 모습은 그때와는 확연히 달랐다.

안젤리나가 창백한 얼굴로 자신과 딸 에이미의 얼굴에서 시선을 떼지 못하는 제니스 엘리언을 보며 부드럽게 웃었다.

“지금의 나와 에이미의 모습이 엘리언에게는 무척 놀랍겠지만 나중에 이유를 알게 될 거예요. 그러니 너무 유령을 본 듯한 얼굴로 우릴 보진 말아요.”

다정하게 들리는 안젤리나의 목소리였다.

안젤리나가 흔들리는 시선으로 침대에 누워 있는 남편 토마스 레이얼을 바라보았다.

좀전까지 생기에 넘치던 안젤리나의 얼굴에 이내 진한 슬픔이 떠올랐다.

“토마스! 괜찮아요?”

눈을 감고 잠을 자듯이 누워 있는 남편에게 참으로 다정하게 건네는 목소리였다.

안젤리나의 목소리 속에서 남편에 대한 애정과 진한 사랑이 절로 느껴졌다.

그런 안젤리나의 모습을 하얗게 질린 표정의 제니스 엘리언이 바라보고 있었다.

안젤리나가 남편의 침대 곁으로 다가가서 숱이 적은 토마스 레이얼 회장의 머리칼을 부드러운 손길로 쓰다듬었다.

남편에 대한 애정이 진하게 느껴질 정도로 부드러운 손길이었다.

안젤리나가 잠시 잠을 자듯 누워 있는 남편의 얼굴에서 시선을 떼며 방안을 둘러보았다.

남편이 누워 있는 방의 창을 열어두었던 것은 토마스 레이얼 회장의 부인인 안젤리나의 지시로 인한 것이었다.

퀴퀴한 병자의 몸에서 흘러나오는 냄새가 싫었다.

거기에 평소 이곳에서 정원을 바라보며 한가한 여유를 즐기던 남편에게 정원의 신선한 공기를 마음껏 마시게 해주고 싶었다.

안젤리나가 제니스 엘리언을 바라보며 물었다.

"토마스에게 별다른 차도가 없었나요?"

제니스 엘리언이 멍한 표정으로 대답했다.

"어, 없습니다. 사모님! 회장님은 평상시처럼 주무시고 계실 뿐이에요."

남편이 깨어나지 못하고 이렇게 혼수상태로 기계의 힘을 빌려 생명을 연장하고 있었던 것이 벌써 두 달째였다.

어쩌면 이대로 영원히 먼 길을 떠날 수 있단 생각에 늘 마음의 준비를 했다.

그럼에도 늘 지금처럼 잠든 남편을 지켜보는 것은 두렵고 애처로웠다.

하지만 이제는 살아날 수 있다는 희망이 생겼기에 안젤리나의 얼굴에는 슬픔보다는 생기가 넘치고 있었다.

그제야 토마스 레이얼 회장의 전담간호사인 제니스 엘리언이 주변을 훑어보았다.

그녀의 눈에 생소한 두 명의 남녀가 보였다.

참으로 놀랄 정도로 아름답게 생긴 동양인 남녀였다.

동양 남자가 침대에 누워 있는 토마스 레이얼 회장의 얼굴을 빤히 바라보고 있었다.

순간 제니스 엘리언의 머릿속에 동양인 남녀의 정체가 떠올랐다.

한국에서 데니얼 엘트먼 이사가 데려왔다고 했던 두 명의 동양인 의사들이 저택에 도착했다는 말을 들었지만 제니스 엘리언이 본 적은 없었다.

토마스 레이얼 회장의 주치의인 존슨 박사도 직접 대면하지는 못했다고 했기에 제니스 엘리언도 볼 기회가 없었던 것이다.

하지만 방으로 들어선 이들을 본 순간 눈앞의 두 남녀가 그들이라는 직감이 들었다.

동양인 남녀의 뒤쪽에는 레이얼가의 집사 피터 에반스와 제니스 엘리언도 몇 번 본 적이 있었던 회장의 측근 데니얼 엘트먼 이사가 동행하고 있었다.

"조, 존슨 박사를 모셔올까요?"

제니스 엘리언이 당황한 듯이 말을 더듬었다.

하필이면 주치의인 존슨 박사가 자리를 비운 시간에 안젤리나 부인과 딸이 이곳을 찾을 것이라곤 미처 생각하지 못했다.

안젤리나는 당황한 표정이 역력한 제니스 엘리언에게 살

짝 손을 들어올렸다.

"아니에요. 굳이 존슨 박사를 데려올 필요는 없어요."

안젤리나의 목소리는 낮고 부드러웠다.

제니스 엘리언이 눈을 껌벅였다.

존슨 박사가 이곳에 없다면 자신이 무엇을 해야 할지 판단조차 서지도 않았다.

안젤리나가 김동하에게 시선을 던졌다.

"토마스를 깨어나게 해주실 수 있나요?"

김동하가 머리를 끄덕였다.

"물론입니다. 지금 토마스 회장님께서는 아주 행복한 꿈을 꾸고 계시네요."

"네?"

안젤리나의 눈이 커졌다.

김동하가 빙긋 웃었다.

"몸은 고통스럽지만 토마스 회장님께서는 행복한 기억으로 그 고통을 지워내고 계시는 중입니다."

"아!"

안젤리나의 입에서 감탄성이 흘렀다.

그때 한서영이 제니스 엘리언을 보며 미소를 머금은 얼굴로 입을 열었다.

"토마스 회장님의 진료일지를 볼 수 있을까요?"

"아, 네."

제니스 엘리언이 허둥대며 자신이 기록했던 토마스 레이얼 회장의 상태를 체크했던 차트를 찾아왔다.

시간별로 토마스 레이얼 회장의 상태와 그에 맞는 주치의 존슨 박사가 처방한 약품들이 일목요연하게 정리가 되어 있었다.

토마스 레이얼 회장의 진료기록일지는 제법 두툼했다.

한서영이 눈을 깜박이며 차분하게 진료일지를 체크해 나갔다.

단정한 양장차림에 마치 환상세계에서 나오는 엘프를 보는 것처럼 너무나 아름다운 한서영이었기에 자신이 존슨 박사의 허락도 얻지 않은 채 진료기록을 보여주고 있다는 것을 의식하지도 못하고 있는 제니스 엘리언이었다.

존슨 박사가 기록하고 제니스 엘리언이 정리한 진료기록을 살펴본 한서영이 머리를 끄덕였다.

"확실히 hematologic malignancy(혈액암) 증상이네요. 지금까지 버티신 것도 주치의께서 잘 관리해주신 덕분일 거예요. 진료기록도 꼼꼼하게 되어 있어 간호사님께서 무척 애쓰신 느낌이 들어요."

한서영이 다시 토마스 레이얼 회장의 진료기록을 제니스 레이얼에게 넘겨주었다.

그때였다.

쾅쾅쾅—

저택의 본관 정문에서 문을 두들기는 소리가 들려왔다.
순간 모두의 시선이 문 쪽으로 향했다.
"안젤리나 형수!"
저택의 현관 입구에서 거칠게 들려오는 목소리가 저택 안을 쩌렁하게 울렸다.
"에반스 경! 문을 열어요."
쾅쾅쾅—
거친 목소리와 함께 난폭하게 문을 두들기는 소리가 저택을 기묘한 공기 속에 잠기게 만들었다.
거칠게 문을 두들기고 있는 사람은 침대 위에 누워있는 토마스 레이얼 회장의 동생인 로빈 레이얼 부회장이었다.
그가 아들 듀크 레이얼과 함께 저택에 도착한 것이다.
"사모님! 문을 여세요."
이번에는 토마스 레이얼 회장의 주치의인 존슨 박사의 목소리였다.
자신이 듀크 레이얼을 만나러 저택의 정문으로 간 사이에 저택의 본관 모든 출입구가 닫혀버린 것에 당황한 느낌이 역력했다.
"에이미! 로빈 삼촌이다. 어서 문을 열거라."
이번에는 로빈 레이얼 부회장이 조카인 에이미 레이얼을 찾는 목소리였다.
"큰어머니! 제발 문 좀 여세요."

듀크 레이얼까지 합세해서 현관의 입구에서 소리치고 있었다.

존슨 박사가 다시 소리쳤다.

"엘리언! 빨리 문을 열어. 회장님에게 무슨 일이 생긴다면 당신을 그냥 두지 않을 거야. 당장 문을 열란 말이야."

쾅쾅쾅.

주치의인 존슨 박사는 집사 피터 에반스가 자신을 듀크 레이얼이 찾아왔다는 핑계로 저택 정문으로 내보내 따돌렸다는 것에 단단히 화가 난 듯했다.

쾅쾅쾅—

저택의 현관이 부서질 듯 난폭하게 두들기는 소리가 또 다시 저택을 울렸다.

로빈 레이얼의 거친 목소리가 울렸다.

"안젤리나 형수! 형님에게 무슨 일이 생기면 형수라고 해도 그냥 묵과하지 않을 것입니다. 문을 부수고 들어가기 전에 어서 문을 열어요."

쾅쾅쾅—

단단히 화가 난 듯한 로빈 레이얼 부회장의 목소리가 현관문 밖에서 들려왔다.

그는 자신과 자신의 아들을 비롯해 주치의인 존슨 박사까지 따돌리고 안에서 무슨 일을 벌이고 있는지 반드시 확인하려는 듯 다급해 했다.

안젤리나가 김동하를 바라보았다.
"토마스를 깨어나게 하려면 얼마나 걸리겠어요?"
김동하가 눈을 깜박이며 대답했다.
"그렇게 오래 걸리진 않을 것입니다."
안젤리나 부인이 다시 물었다.
"30분 정도면 될까요?"
김동하가 싱긋 웃었다.
"그렇게 긴 시간은 필요하지 않습니다."
천명의 권능을 이용해서 토마스 레이얼 회장을 살려내는 것에는 그렇게 오랜 시간이 필요하지 않을 것이다.
그때 집사인 피터 에반스가 입을 열었다.
"제가 나가서 로빈 부회장님과 듀크 도련님 그리고 존슨 박사를 막아보도록 하겠습니다."
안젤리나가 머리를 흔들었다.
"아니에요. 로빈 삼촌이 에반스를 평소 어떻게 대하는지 내가 알고 있는데, 에반스가 막기에는 힘들 거예요."
평소 로빈 레이얼이 저택을 방문할 때 형이 친구처럼 대했던 피터 에반스 집사를 그야말로 하인부리듯 하는 것을 너무나 잘 기억하는 안젤리나였다.
안젤리나 부인이 김동하와 한서영을 바라보며 입을 열었다.
"내가 나가서 로빈 삼촌과 조카 그리고 존슨 박사를 막아보겠어요. 오래 막진 못할 테니 두 분께서 서둘러 토마스를 깨어나게 해주세요."

듣고 있던 데니얼 엘트먼 이사가 끼어들었다.

"저도 함께 막아보지요."

그로서도 김동하와 한서영이 토마스 레이얼 회장을 다시 살려내는 것을 로빈 레이얼 부회장이 방해하는 것을 두고 볼 생각이 없었다.

피터 에반스 집사까지 거들었다.

"저도 함께 막아보겠습니다."

말을 마친 피터 에반스의 어금니가 꾹 깨물려졌다.

지켜보던 제니스 엘리언이 눈을 깜박였다.

"여기 두 분께서 회장님을 치료하시는 것을 부회장님이 방해하실까 그런 건가요?"

안젤리나 부인이 대답했다.

"엘리언은 여기서 두 분을 좀 도와드리는 것이 좋을 것 같군요."

"그, 그게……."

자신은 주치의인 존슨 박사를 도와 토마스 레이얼 회장을 간호하며 보살피는 것이 임무였다.

하지만 지금은 생소한 두 명의 동양인 의사를 도와야 한다는 것에 혼란이 생겼다.

그때 에이미 레이얼이 입을 열었다.

"난 여기서 아빠가 다시 회복하시는 것을 지켜볼 거예요 엄마. 그러니 로빈 삼촌이 여기에 들어오지 못하게 막아줘요."

에이미 레이얼의 단호한 목소리에 안젤리나가 머리를 끄덕였다.

"그렇게 해. 에이미. 그리고 에반스도 여기에 남아요. 또 내가 허락하기 전에는 그 누구라도 절대로 문을 열어주어서는 안 돼요."

안젤리나는 집사인 피터 에반스도 반드시 치료가 필요하다는 것을 알고 있었다.

피터 에반스가 당황한 듯 안젤리나 부인을 바라보았다.

"사, 사모님! 저는……."

안젤리나가 웃었다.

"토마스의 곁에는 항상 에반스가 같이 있어 줘야 하잖아요."

안젤리나가 정색을 한 얼굴로 이번에는 제니스 엘리언을 바라보았다.

"엘리언! 절대로 문을 열어서는 안 돼요. 설사 밖에서 어떤 일이 벌어진다고 해도 말이에요."

"사모님."

"이것은 명령이에요."

좀처럼 볼 수 없는 안젤리나 부인의 단호한 지시였기에

제니스 엘리언의 얼굴도 굳었다.

지금까지 유순하고 착하기만 했던 레이얼가의 안주인인 안젤리나 부인의 달라진 모습이었다.

그것은 남편을 반드시 살려낼 것이라는 절박함까지 담고 있었다.

제니스 엘리언이 대답했다.

"아, 알겠습니다."

그녀로서는 도저히 거절해서는 안 되는 명령이고 지시였다.

지켜보던 한서영이 김동하를 바라보았다.

"동하가 토마스 회장님에게 천명을 돌려드리는 이곳에 내가 없어도 되지? 나도 안젤리나 부인을 돕고 싶어."

한서영은 남편을 지켜낸다는 간절함에 탐욕에 찌들어 있는 시동생 로빈 레이얼을 반드시 막아야 한다는 안젤리나 부인의 결단을 그냥 지켜보고 있을 수는 없었다.

자신도 만약 김동하가 토마스 레이얼 회장과 같은 상태가 된다면 안젤리나 부인처럼 행동할 것이라고 생각했기 때문이다.

안젤리나 부인과 데니얼 엘트먼을 비롯해서 모든 사람들이 김동하와 한서영을 바라보았다.

갑작스럽게 영어가 아닌 한국어로 대화를 했기에 무슨 뜻인지 궁금해 하는 표정이 역력했다.

김동하가 잠시 눈을 껌벅이다가 머리를 끄덕였다.

"누님의 뜻이 그렇다면 그렇게 하세요."

김동하는 한서영이 곁에 있으면 마음이 편하겠지만 한서영이 안젤리나 부인을 돕겠다고 나서자 말릴 생각이 없었다.

자신도 안젤리나가 남편인 토마스 회장을 반드시 살리고 싶어 한다는 절박감을 느꼈기 때문이었다.

한서영이 안젤리나를 바라보며 입을 열었다.

"저도 같이 돕도록 할게요."

순간 안젤리나의 얼굴이 굳어졌다.

"닥터 한께서도 돕겠다고요?"

안젤리나로서는 전혀 생각하지도 않았던 한서영의 도움이었다.

한서영이 웃으면서 입을 열었다.

"토마스 회장님이 다시 일어나시게 만드는 것에는 닥터 김 혼자라도 충분해요. 어차피 전 닥터김을 돕기 위해서 동행했던 것인데 지금 닥터김의 곁에는 도와줄 사람들이 두 명이나 있으니 전 없어도 될 겁니다."

한서영이 토마스 레이얼 회장의 딸 에이미 레이얼과 전담간호사 제니스 엘리언을 돌아보았다.

"아!"

안젤리나의 입에서 탄성이 흘러나왔다.

그녀의 얼굴에 진정으로 한서영에게 감사하다는 표정이 떠올라 있었다.

"고마워요 닥터 한."

"천만에요."

한서영이 담담한 얼굴로 웃었다.

남편을 반드시 지킬 것이라는 그 절박하고 순수한 애정이 안젤리나 부인을 단단하게 만들고 있었다.

한서영은 그런 안젤리나의 진솔한 마음에 동조하게 된 것이다.

안젤리나가 굳은 표정으로 서 있는 피터 에반스를 보며 입을 열었다.

"우리가 나가면 문을 닫아걸어요. 그리고 내 허락 없이는 그 누구라고 해도 절대로 문을 열어서는 안 돼요."

피터 에반스가 굳은 얼굴로 머리를 숙였다.

"알겠습니다. 사모님."

"그럼 우린 나가요."

안젤리나가 몸을 돌려서 문으로 향했다.

그런 안젤리나의 뒤를 한서영과 데니얼 엘트먼이 굳은 표정으로 따라 나서고 있었다.

안젤리나와 한서영 그리고 데니얼 엘트먼이 방을 나서자 뒤따르던 피터 에반스 집사가 굳은 표정으로 방문의 문고리를 잠갔다.

이제 문을 부수기 전에는 절대로 열릴 일은 없을 것이다.
문을 잠그는 피터 에반스의 귀에 김동하의 목소리가 들려왔다.
"집사님도 회장님의 곁에 나란히 누우세요."
문 밖에서는 팽팽한 긴장감이 느껴질 상황이 펼쳐지고 있겠지만 정작 방안에 있는 김동하의 얼굴은 무척이나 담담했다.
"저도 회장님의 곁에 누우라고요?"
피터 에반스 집사가 굳은 얼굴로 물었다.
끄덕.
김동하가 담담한 얼굴로 머리를 끄덕였다.
에이미 레이얼과 함께 상황을 지켜보고 있던 제니스 엘리언이 눈을 깜박이며 에이미를 바라보았다.
"에반스 집사님은 왜 누우라는 거예요?"
제니스 엘리언은 피터 에반스 집사가 폐암을 앓고 있다는 것을 전혀 눈치채지 못하고 있었다.
에이미가 제니스 엘리언을 바라보며 대답했다.
"에반스 아저씨도 아프세요. 렁캔쓸 말기라고 하시더군요."
순간 제니스 엘리언의 눈이 커졌다.
"렁캔쓸 말기라고요?"
"네!"

"세상에……."

렁캔쓸 말기라면 혈액암에 걸린 토마스 레이얼 회장처럼 신의 도움이 없다면 다시 살아나는 것은 1%도 되지 않을 중병이었다.

그것을 지금 이 자리에서 치료한다는 것이 믿어지지 않았다.

세상에 그런 의술을 가진 사람은 존재하지 않았고 그런 병을 치료해서 완치시킨다는 말도 들어본 적이 없는 제니스 엘리언이었다.

제니스 엘리언이 눈을 치켜뜨고 물었다.

"그것을 지금 저 사람이 치료를 한다고요?"

에이미 레이얼이 하얀 이를 드러내며 웃었다.

"아까 저랑 엄마가 달라진 모습을 보고 엘리언은 무슨 생각이 들었어요?"

제니스 엘리언이 눈을 동그랗게 뜨고 대답했다.

"노, 놀랐어요. 처음에는 사모님과 아가씨가 아닌 줄 알았을 정도였어요."

에이미가 빙긋 웃으며 대답했다.

"나와 엄마가 달라진 것은 저분 덕분이에요. 저분이 우리 모녀를 다시 젊어지게 만들어 주신 거예요."

"네?"

"아빠도 그렇게 살려내실 거예요. 에반스 아저씨도 함께

말이에요.”

에이미 레이얼의 말에 제니스 엘리언이 부릅뜬 눈으로 김동하를 바라보았다.

그녀의 눈에 약간 지친 모습의 피터 에반스 집사가 잠이 든 듯 눈을 감고 누워 있는 토마스 레이얼 회장의 옆에 나란히 몸을 누이는 것을 도와주고 있는 김동하가 보였다.

제니스 레이얼의 눈이 반짝였다.

존슨 박사는 토마스 레이얼 회장이 다시 회복하는 것은 신의 기적이 있어야 가능하다고 말했다.

또한 기적을 얻어 회복한다고 해도 두 번 다시 정상적인 사람으로의 생활은 불가능하다고 했던 게 그녀의 머릿속에서 떠올랐다.

이내 두 사람이 나란히 눕자 김동하가 두 사람을 내려다보며 호흡을 골랐다.

김동하의 두 눈이 보석처럼 반짝이고 있었다.

남편 토마스 레이얼이 누워 있는 병실을 빠져나온 안젤리나 부인의 눈에 저택의 거실 한가운데 겁에 질린 표정으로 안절부절못하고 있는 두 명의 여인이 들어왔다.

저택의 주방을 책임지고 있는 로시나 부인과 로시나 부인과 함께 주방 일을 도와주고 있는 도우미 에리카였다.

특히 에리카는 아예 다리까지 부들부들 떨고 있었다.

로빈 레이얼 부회장의 성품을 잘 알고 있는 에리카는 간혹 로빈 레이얼이 저택을 방문하면 아예 주방에서 나올 생각을 하지 않을 정도였다.

로시나 부인도 마찬가지였다.

아예 얼굴이 사색이 되어 어찌해야 할지 거실의 한가운데서 발을 동동 구르고 있었다.

그때 안젤리나와 한서영을 비롯하여 데니얼 엘트먼이 병실에서 나오자 다급하게 다가왔다.

"마님!"

말을 하며 다가오던 로시나 부인이 마치 석상인 듯 그 자리에서 멈추었다.

"마, 마님?"

로시나는 자신이 보아왔던 안젤리나의 모습이 너무나 달라진 것에 마치 귀신을 본 듯 하얗게 질린 얼굴로 몸을 굳혔다.

뒤쪽에 서 있던 에리카 역시 하얗게 질린 얼굴로 말을 잊은 채 안젤리나의 얼굴을 바라보았다.

안젤리나는 로시나와 에리카가 자신의 얼굴을 보고 놀라서 그대로 몸을 굳히자 살짝 웃었다.

"나예요. 놀라지 말아요. 로시나. 그리고 에리카도 놀랄 필요는 없어. 난 분명히 안젤리나니까 말이야."

"저, 정말 마님이세요?"

로시나가 믿어지지 않는다는 얼굴로 안젤리나를 바라보았다.

그때였다.

쾅쾅쾅.

"안젤리나 형수! 문을 열지 않으면 부수고 들어갈 겁니다."

시동생 로빈 레이얼의 목소리가 또다시 거칠게 들렸다.

안젤리나 부인의 입술이 잘근 깨물렸다.

한서영 역시 미간을 좁힌 채 굳게 닫힌 저택의 현관을 보았다.

안젤리나가 결심을 한 듯 저택의 현관으로 걸음을 옮겼다.

이내 안젤리나가 현관의 바로 앞에서 멈추어 섰다.

안젤리나의 푸른 눈에서 미묘한 광채가 흘러나오고 있었다.

그것은 사악한 인간에 대한 노기였고 안젤리나로서는 난생 처음으로 느껴보는 분노였다.

안젤리나가 문 앞에서 나직하게 소리쳤다.

"로빈 삼촌이 무슨 자격으로 문을 부순다는 거예요?"

안젤리나의 목소리에는 차디찬 노기가 담겨 있었다.

순간 문밖에서 들려오던 로빈 레이얼 부회장의 목소리가 사라졌다.

그로서는 반응이 없던 문안에서 갑자기 들려오는 형수 안젤리나의 목소리에 잠시 당황한 것 같았다.

이내 로빈 레이얼의 목소리가 다시 들렸다.

"문을 여세요, 형수! 이렇게 존슨 박사까지 따돌리고 멍청한 동양인 두 명을 데려다 형님께 무슨 짓을 하려는 것입니까?"

안젤리나의 아미가 상큼하게 올라갔다.

"무슨 짓이라니요?"

"형수가 형님을 죽이고 있다는 말입니다. 이것은 절대로 묵과할 수 없는 일입니다."

안젤리나의 얼굴이 싸늘하게 변했다.

"내가 토마스를 죽이고 있다고 했어요?"

"그렇습니다. 지금 당장 문을 열어서 안에서 벌어지는 것을 내가 확인해야겠습니다. 그리고 이 저택의 소유지분이 레이얼 시스템에 있고 내가 레이얼 시스템의 책임자이니 책임자인 내 지시로 문을 부수게 하면 문제가 될 것은 없다는 것을 알아 두셔야 할 겁니다."

로빈 레이얼의 목소리가 싸늘하게 변했다.

안젤리나가 싸늘한 시선으로 닫혀 있는 문 쪽을 바라보며 입을 열었다.

"당신이 그러고도 토마스의 동생이라고 할 수가 있나요?"

"안젤리나 형수! 정말 이럴 겁니까?"
여전히 날카로운 로빈 레이얼의 목소리가 문밖에서 들려왔다.
안젤리나가 나직하게 입을 열었다.
"할 수 있다면 해 보세요. 과연 이 문을 부수고 어떤 일이 일어날지 보고 싶군요."
말을 하는 안젤리나의 손이 가늘게 떨리고 있었다.
치밀어 오르는 노기를 힘들게 눌러 참는 모습이 역력했다.
로빈 레이얼의 목소리가 다시 들렸다.
"내가 이 문을 두들겨 부수지 못할 것 같습니까? 이럴수록 형수님과 에이미가 힘들어진다는 것을 왜 모르십니까?"
안젤리나가 코웃음을 쳤다.
"마음대로 해 보세요. 그리고……."
말을 잠시 멈춘 안젤리나가 굳게 닫혀 있는 문을 쏘아보았다.
"로빈 삼촌이 결코 해서는 안 될 짓을 한다면 그 결과에 대한 책임은 모두 로빈 삼촌이 질 것이라는 알아야 할 거예요."
"정말 이럴 겁니까?"
"마음대로 하시라고 했어요."

"안젤리나 형수!"

문밖에서 노기에 찬 로빈 레이얼의 고함소리가 들려왔다.

그로서는 이렇게 고집을 피우는 형수의 모습은 처음으로 겪었다.

언제나 온순하고 남들과는 다른 품위를 풍기던 형수는 시동생인 자신에게 이런 식으로 완강한 고집 따위는 피우지 않았던 여인이었다.

하지만 지금의 형수는 로빈 레이얼로서도 놀랄 만큼 완강하고 냉정한 태도를 보였다.

그것에 로빈 레이얼은 화가 치밀었다.

지금까지 그 누구도 자신의 앞에서 이런 식으로 반기를 드는 사람이 없었다.

죽어가는 토마스 형조차도 자신을 대할 때는 유순한 태도를 보였고 대부분의 자신이 제안하는 결정을 받아들여 주었다.

다만 레이얼 시스템의 결정적인 운영문제나 결재사항만큼은 토마스 형의 독단적인 결정으로 이루어지는 것이 로빈 레이얼 부회장에게는 탐탁지 않았던 부분이었다.

하긴 레이얼 시스템의 지분 70% 이상이 토마스 형에게 있었으니 반기를 들 수도 없었다.

그리고 이제 형이 더 이상 레이얼 시스템을 운영할 수 없게 되자 레이얼 시스템을 설립할 때 형과 약속한 대로 형의 지분은 고스란히 동생인 로빈 레이얼에게 위임되었다.

그리고 그것으로 레이얼 시스템을 자신의 것으로 만들었다.

문밖에서 로빈 레이얼의 낮은 목소리가 들렸다.

"안젤리나 형수! 마지막 경고입니다. 이 문을 열어주시는 것이 좋을 겁니다. 그리고 그 한국에서 데려왔다는 의사 두 명은 집에서 쫓아내야 할 겁니다 당장!"

안젤리나의 입가에 싸늘한 미소가 떠올랐다.

"나 역시 마지막 경고예요. 이대로 로빈 삼촌이 물러난다면 더 이상 로빈 삼촌과 대면할 일은 없을 거예요."

잠시 밖에서 정적이 흘렀다.

하지만 이내 로빈 레이얼의 단호한 목소리가 울렸다.

"문을 부숴라. 더 이상 안젤리나 형수는 이 집의 주인이 아니다."

문밖에는 정원을 관리하는 정원사와 집의 이곳저곳을 보수하고 수선하는 관리사가 나와 있었다.

그들로서는 저택의 안주인인 안젤리나 부인의 말을 들어야 하겠지만 토마스 레이얼 회장의 친동생인 로빈 레이얼 부회장의 말을 무시할 수도 없었다.

그들이 움식일 생각을 하지 않는지 로빈 레이얼이 버럭 고함을 치는 소리가 들렸다.

"뭐하고 서 있나? 문을 부수지 않는다면 당장 당신들은 해고야. 이 저택은 레이얼 시스템의 소유니까 당신들을 해고하는 것도 레이얼 시스템의 책임자인 내 결정으로 충분하다는 것을 알아둬."

서슬이 퍼런 로빈 레이얼의 엄포였다.

문밖에서 주눅이 든 남자들의 목소리가 들렸다.

"알겠습니다요."

"알겠습니다."

정원사와 저택 관리사들이 로빈 레이얼 부회장의 엄포에 못 이겨 어쩔 수 없이 문을 부술 것을 도울 모양이었다.

문밖에서 들려오는 대화를 모두 들은 안젤리나가 힐끗 남편 토마스 레이얼 회장이 잠들어 있는 병실 쪽을 바라보다 어금니를 깨물었다.

안젤리나가 나직하게 중얼거렸다.

"토마스와 나의 추억이 모두 담겨 있는 이 집이야. 부수게 만들 수는 없어."

중얼거린 안젤리나가 문 쪽으로 다가섰다.

"기다려요."

나직하게 흘러나오는 안젤리나 부인의 목소리에 문밖에서는 갑작스런 정적이 흘렀다.

안젤리나가 단단하게 잠겨 있는 현관의 빗장을 풀었다.

딸칵—

빗장을 풀고 손잡이를 돌리자 이내 육중한 현관문이 열렸다.

두터운 떡갈나무로 만들어진 현관문은 웬만한 충격에는 절대로 부서지지 않을 정도로 단단했다.

하지만 아무리 단단한 문이라고 해도 억지로 부수면 부서진다는 것을 알고 어쩔 수 없이 문을 열기로 결정했다.

남편과 자신의 소중한 추억이 담긴 이 집이 타인의 손에 부서지는 것은 한사코 피하고 싶은 안젤리나였다.

지금까지 시간을 끌었다면 방안에서 남편을 치료하고 있는 김동하에게 어느 정도 시간을 벌어 주었다는 자신감도 생겼다.

또한 이 문을 연다고 해도 또다시 병실문을 마저 열어야 하기에 더 시간을 벌 수도 있다.

그리고 그 문을 부수는 것은 불가능할 것이라고 믿었다.

저택에서 일하고 있는 모든 식솔은 자신이 없는 곳에서 로빈 레이얼 부회장의 말을 들을 수도 있겠지만, 저택의 안주인인 자신과 대면했을 때는 반드시 자신의 말을 들을 것이라고 믿었다.

삐걱.

단단하게 잠겨 있던 문이 열리자 문밖에는 굳은 표정으로 열린 문을 바라보고 있는 로빈 레이얼 부회장의 모습이 보였다.

로빈 레이얼의 옆에는 약간 놀란 모습의 조카 듀크 레이얼도 함께 서 있었다.

뒤쪽으로는 딱딱하게 굳은 표정의 남편의 주치의 존슨 박사와 정원사들과 관리사들이 서 있는 것이 보였다.

안젤리나가 열린 문 앞에 섰다.

풍성하게 내려간 드레스와 단정한 검은색의 벨벳가운을 걸친 안젤리나의 시선이 로빈 레이얼과 마주쳤다.

로빈 레이얼은 갑작스럽게 문이 열리고 문의 안쪽에 자신이 알고 있는 안젤리나 형수가 아닌 너무나 젊고 아름다운 여인이 서 있는 것을 보자 눈을 치켜떴다.

안젤리나가 나직한 목소리로 입을 열었다.

"자! 로빈 삼촌의 요구대로 문을 열었어요. 이제 무엇을 확인하고 싶은 건가요?"

안젤리나의 목소리는 몹시 차분했다.

로빈 레이얼의 눈이 흔들리고 있었다.

그가 알고 있는 안젤리나 형수는 천천히 죽어가고 있는 형으로 인해 실의에 빠진 힘없는 노파였다.

어쩌면 형이 세상을 떠나기 전에 형수가 먼저 세상을 떠날 수도 있을 것처럼 몸에서 기력이 빠져 있었다.

상심과 절망으로 모든 것을 포기한 주름살투성이 노파의 모습으로 버티고 있었던 게 로빈 레이얼 부회장이 기억하는 형수의 모습이었다.

하지만 지금의 안젤리나 형수는 수십 년 전 토마스 형과 다정하게 살아가던 젊은 시절의 참으로 아름답고 기품이 넘치던 레이얼가의 안주인으로 돌아와 있었다.

토마스 레이얼이 평생 자신이 한 일 중에서 가장 현명했던 선택이 안젤리나 부인과 결혼을 한 것이라고 장담했을 만큼 안젤리나 부인은 아름다웠다.

로빈 레이얼이 눈을 껌벅이며 입을 벌렸다.

"다, 당신이 안젤리나 형수라고?"

안젤리나가 차갑게 웃었다.

"형수에게 당신이라니. 적어도 토마스의 동생으로서 할 말은 아닌 것 같은데요."

"어떻게……."

로빈 레이얼은 도저히 눈앞의 안젤리나가 믿어지지 않았다.

하지만 그 역시 예전의 안젤리나의 미모가 어떠했는지 알고 있었기에 믿지 않을 도리도 없었다.

지금 눈앞에 서 있는 여인은 자신이 기억하고 있었던 아름다운 형의 부인이 분명했다.

다만 그가 알고 있던 것과는 달리 수십 년의 세월을 거슬러 가장 아름다웠던 시절도 되돌아가 있다는 것이 혼란스러웠다.

로빈 레이얼 부회장의 곁에 서있던 듀크 레이얼도 놀란

얼굴로 안젤리나 부인을 바라보았다.
그는 큰어머니인 안젤리나의 모습이 자신보다 더 젊어 보이는 것에 하얗게 질린 얼굴을 했다.
토마스 레이얼 회장의 주치의인 존슨 박사나 저택에서 일하는 사람들도 마찬가지였다.
모두가 놀란 얼굴로 안젤리나를 바라보고 있었다.
로빈 레이얼이 딱딱한 얼굴로 안젤리나에게 물었다.
"정말 안젤리나 형수가 맞는 거요?"
그로서는 지금의 안젤리나 형수의 모습이 도저히 믿어지지 않았다.
자신의 아들인 듀크 레이얼보다 더 젊어 보이는 여인이 안젤리나 형수라는 것에 상당한 충격을 받았다.
안젤리나가 이를 드러내며 웃었다.
"로빈 삼촌이 기대했던 모습이 아니라서 미안하군요."
"세상에……."
로빈 레이얼이 입을 벌렸다.
이렇게 완벽하게 다시 예전의 젊은 시절로 돌아갈 방법이 있다면 억만금을 들여서라도 자신 역시 예전으로 돌아가고 싶었다.
안젤리나가 듀크 레이얼을 보며 싸늘한 얼굴로 입을 열었다.
"듀크! 넌 이제 큰어머니를 보고도 인사조차 하지 않는 것이냐?"

듀크 레이얼이 흠칫 눈을 치켜떴다.

안젤리나의 입에서 차가운 냉소가 흘러나왔다.

"예의가 없는 것은 변하지 않는구나."

"……."

그때 로빈 레이얼 부회장이 입을 열었다.

"이게 어떻게 된 일인지 설명을 좀 해주시겠소? 안.젤.리.나. 형수."

안젤리나의 이름을 각인하듯 한 글자 한 글자씩 내뱉는 목소리는 딱딱하게 굳어 있었다.

안젤리나가 차가운 시선으로 시동생인 로빈 레이얼의 얼굴을 바라보았다.

안젤리나의 입이 살짝 열렸다.

그녀의 입술사이로 하얗고 고른 치아가 반짝였다.

"지금까지 선하게 살아온 나의 삶에 보상을 받은 것이에요. 믿든 안 믿든 그건 로빈 삼촌의 판단에 맡기도록 하죠."

"어, 어떻게……."

로빈 레이얼은 도저히 안젤리나의 말을 믿을 수가 없었다.

잠시 눈을 감았던 로빈 레이얼이 이를 악물었다.

"내 눈으로 직접 확인해보지. 도저히 믿어지지 않으니

말이야."

이를 악문 그가 안젤리나의 곁을 스치며 그대로 저택의 안으로 들어갔다.

"에반스! 에반스 경!"

로빈 레이얼은 자신이 본 안젤리나를 믿을 수가 없었기에 저택의 집사인 피터 에반스를 찾았다.

피터 에반스 집사라면 지금의 상황이 어떻게 된 것인지 설명할 수 있을 것이라고 생각했기 때문이다.

하지만 저택의 어디에도 피터 에반스는 보이지 않았다.

로빈 레이얼 부회장이 저택의 안으로 들어오자 뒤이어 듀크 레이얼과 존슨 박사도 안으로 들어왔다.

존슨 박사가 급하게 토마스 레이얼 회장이 누워 있는 병실방향으로 다가섰다.

하지만 병실의 문은 조금 전의 현관문처럼 단단하게 잠겨 있었다.

문의 손잡이를 잡고 흔들었지만 문은 요지부동이었다.

그만큼 완벽하게 잠겨 있다는 의미였다.

쾅쾅쾅.

철컥—철컥.

병실의 문을 두들기며 손잡이를 좌우로 비틀던 존슨 박사가 거칠게 외쳤다.

"엘리언! 엘리언! 문을 열어. 당장!"

하지만 문의 안쪽에는 어떤 소리도 들려오지 않았다.
그때 함께 안으로 들어선 안젤리나가 나직하게 입을 열었다.
"내 지시가 아니면 절대로 그 문은 열리지 않아요. 존슨 박사님."
존슨 박사가 놀란 얼굴로 안젤리나의 얼굴을 바라보았다.
그 역시 눈앞의 여인이 진짜 안젤리나 부인이 아닌 안젤리나 부인의 과거 모습과 흡사하게 닮은 다른 사람이라는 생각을 했다.
하긴 이 세상의 어떤 묘약이라고 해도 이처럼 완벽하게 젊음을 다시 돌려주는 약은 없다.
그런 약이 있었다면 아마 이 세상의 모든 부자들은 모두 젊은 사람들로 가득할 것이다.
"당신 누구야? 진짜 안젤리나 부인은 어디에 있어?"
존슨 박사가 이를 악물며 안젤리나를 노려보았다.
그가 굳게 닫힌 병실 문을 가리키며 입을 열었다.
"만약 이 안에서 토마스 회장님께 어떤 일이 생긴다면 당신이나 여기에 있는 모든 사람들이 모두 책임을 져야 할 거야. 내가 절대로 그냥 두지 않을 것이니까."
존슨 박사는 눈앞의 안젤리나 부인이 절대로 진짜 안젤리나 부인이 아니라고 확신했다.

안젤리나가 피식 웃었다.

로빈 레이얼이 주변을 둘러보았다.

그는 딱딱하게 굳은 얼굴로 자신을 바라보고 있는 데니얼 엘트먼 이사와 그의 곁에 나란히 서 있는 아름다운 동양 여인을 발견했다.

"엘트먼 이사!"

그제야 이곳에 데니얼 엘트먼 이사가 함께 있다는 것을 자각한 로빈 레이얼 부회장이었다.

데니얼 엘트먼이 굳은 표정으로 살짝 머리를 숙였다.

"오랜만이군요. 로빈 부회장님!"

순간 로빈 레이얼의 눈에 시퍼런 녹광이 흘렀다.

"당신이 지금 이 황당한 상황을 주도한 것인가?"

데니얼 엘트먼이 살짝 이마를 찌푸렸다.

"전 주도한 적이 없습니다만."

로빈 레이얼이 이를 악물며 입을 열었다.

"진짜 안젤리나 형수는 어디에 있나? 에반스 집사는?"

데니얼 엘트먼이 피식 웃었다.

"사모님을 눈앞에 두고 진짜를 찾는 부회장님이 이해가 되지 않는군요."

빠득.

기어코 로빈 레이얼의 입에서 이를 가는 소리가 흘러나왔다.

그의 눈이 매섭게 데니얼 엘트먼을 쏘아보았다.

"자네의 해임 소식은 들었겠지?"

데니얼 엘트먼이 싱긋 웃었다.

"저를 레이얼 시스템의 이사에 앉힌 것은 토마스 회장님이십니다. 저는 그분의 직접 지시가 아니라면 어떤 지시든지 용인하지 않을 것입니다."

데니얼 엘트먼은 로빈 레이얼 부회상의 아들인 듀크 레이얼이 일방적으로 통보한 내용을 따를 생각이 없었다.

토마스 레이얼 회장이 다시 살아날 희망이 보이지 않았다면 그 역시 어쩔 수 없이 로빈 레이얼 부회장이나 그의 아들인 듀크 레이얼이 통보한 내용을 받아들였을 것이다.

하지만 데니얼 엘트먼의 성격이라면 해임통고를 받기 전에 토마스 회장이 없는 레이얼 시스템을 자신이 먼저 떠나 버렸을 것이다.

한쪽에서 눈을 껌벅이고 있던 듀크 레이얼이 앞으로 나서서 데니얼 엘트먼의 얼굴을 빤히 바라보며 입을 열었다.

"데니얼 엘트먼 이사님! 레이얼 시스템의 구조조정 본부장으로서 정식으로 다시 한번 이사님의 해임을 통보합니다. 해임 사실을 인정하지 못하시겠다면 정식으로 레이얼 시스템의 상대로 해임취소 소송을 걸어야 할 겁니다."

데니얼 엘트먼이 빙긋 웃었다.

"그럴 생각 없어. 토마스 회장님께 정식으로 나의 해임에 대한 의사를 물어볼 생각이니까. 그리고 토마스 회장님은 아직 돌아가시지 않았다는 것을 상기해야 할 거야."

"뭐라고요?"

듀크 레이얼의 얼굴이 굳어졌다.

아버지와 자신의 앞에서 이런 식으로 이야기를 하는 사람은 데니얼 엘트먼 이사가 처음이었다.

로빈 레이얼의 얼굴이 일그러졌다.

"엘트먼!"

로빈 레이얼의 손이 부들부들 떨리고 있었다.

지금의 데니얼 엘트먼의 행동은 명백하게 자신과 자신의 아들에게 도전하는 태도였다.

그것은 로빈 레이얼로선 절대로 용인하지 못할 행동이었다.

로빈 레이얼이 데니얼 엘트먼을 죽일 듯이 노려보다가 어금니를 깨물었다.

"존슨 박사의 말대로 진짜 안젤리나 형수가 어디에 있는지 말하게. 만약 이대로 형이 잘못된다면 엘트먼 자네나 안젤리나 형수까지 그냥 두지 않겠네."

데니얼 엘트먼이 물었다.

"왜 그렇게 토마스 회장님을 걱정하시는 것입니까? 그리고 좀 전에 말씀드린 대로 안젤리나 사모님은 여기에 계시는 분이십니다."

"이놈!"

결국 로빈 레이얼이 참지 못하고 노기를 터트렸다.

그가 이를 악문 채 안젤리나를 노려보며 입을 열었다.

"어디서 뭘 하는 계집인지 모르나 과거의 형수와 닮은 모습으로 나를 현혹하려고 한다면 실수하는 것이다. 진짜 형수가 어디에 있는지 당장 말하거라."

분을 참지 못하고 몸을 부들부들 떨고 있는 시동생의 모습을 보며 안젤리나가 살짝 웃었다.

"로빈 삼촌의 그 고지식한 모습은 나이가 먹어도 변하지 않는군요. 형수에게 계집이라니, 토마스가 이 말을 듣는다면 로빈 삼촌을 뭐라고 생각할까요?"

"네 이년!"

로빈 레이얼은 눈앞의 안젤리나 부인이 절대로 자신의 형수가 아닐 것이라고 확신했다.

지금 벌어지고 있는 이 상황은 자신을 속이기 위해 교묘하게 만들어 놓은 함정과 같은 것이라고 단정했다.

안젤리나가 이 저택에 가지고 있는 애착심이 얼마나 깊은지 알고 있는 그로서는 형수가 저택을 지키기 위해서 수작을 부리는 것이라고 믿었다.

안젤리나가 차가운 시선으로 로빈 레이얼 부회장을 바라보았다.

"이제 로빈 삼촌에게 더 이상 형수로 불리고 싶은 생각이 없었는데 차라리 잘되었군요. 나를 타인처럼 생각한다면 그렇게 생각해도 좋아요. 그리고 어쩌면 그게 나한테도 더 편한 느낌이 들것 같네요."

차분한 안젤리나의 말에 로빈 레이얼이 다시 물었다.

"솔직하게 물어보마. 넌 누구냐? 뭘 하는 계집인데 네가 형수라고 하는 거지? 사람이라면 지금의 네 모습을 보고 형수로 받아들일 수 있겠느냐?"

로빈 레이얼의 말에 안젤리나가 피식 웃었다.

더 이상 로빈 레이얼과 말싸움을 하고 싶은 생각도 들지 않았다.

자신이 토마스 레이얼 회장의 아내인 안젤리나라고 말했지만 너무나 비현실적인 상황을 받아들이지 않는 그에게 약간은 동정심마저 생겨났다.

그때 지금까지의 모든 상황을 지켜보고 있던 한서영이 입을 열었다.

"지금 그쪽이 보고 계시는 분이 정말 안젤리나 부인이세요. 그것을 받아들이지 못하신다면 안젤리나 부인은 이 세상에 없을 거예요."

담담하게 말하는 한서영이었다.

한서영은 로빈 레이얼 부회장의 얼굴에 지독한 이기심과 탐욕이 가득한 것을 온몸으로 느끼며 이렇게 사악한 사람이 안젤리나 부인의 시동생이라는 것에 안타까움까지 느껴졌다.

로빈 레이얼의 눈이 한서영에게 향했다.

"당신은 누구지?"

신비로운 느낌까지 풍기는 낯선 동양의 여인이었지만 지금의 그에게 관심이 있는 것은 오직 안젤리나 형수뿐이었다.

한서영이 대답했다.

"토마스 회장님의 병환을 치료하기 위해서 한국에서 데니얼 엘트먼 이사의 초대를 받고 온 사람이에요."

순간 로빈 레이얼 부회장의 눈이 커졌다.

"당신이……."

모두의 시선이 한서영에게 향했다.

한서영이 담담한 얼굴로 입을 열었다.

"지금 토마스 회장님은 치료중이시니 이곳에서 좀 조용히 정숙해 주시면 좋겠어요."

병실 안에서는 지금쯤 김동하가 토마스 레이얼 회장과 집사인 피터 에반스에게 천명의 권능으로 그들에게 새로운 생명을 돌려주고 있을 것이다.

다만 자신이 예상한 시간보다 조금 길어진다는 느낌이 들었기에 한서영은 당장이라도 병실 안으로 들어가 상황을 확인하고 싶었다.

로빈 레이얼이 굳은 얼굴로 형 토마스 레이얼이 있을 병실로 머리를 돌렸다.

그의 눈이 이글거리고 있었다.

이를 악문 로빈 레이얼이 나직하게 중얼거렸다.

"내 눈으로 확인하지."

머리를 돌린 로빈 레이얼 부회장이 엉겁결에 거실까지 따라 들어온 정원사들과 저택 관리사들을 바라보았다.

"저 문을 열어라."

로빈 레이얼이 손으로 토마스 레이얼 회장이 누워 있는 병실을 가리켰다.

정원사들과 저택관리사들이 굳은 표정으로 눈을 껌벅였다.

"말이 들리지 않나? 당장 저 문을 열어."

그의 음성이 쩌렁하게 거실을 울렸다.

한서영이 미간을 좁히며 나서려 하자 그보다 먼저 안젤리나가 나섰다.

"당신이 뭔데 저 문을 열라고 하는 거죠? 이 저택은 나와 토마스의 집이에요. 당신이 관여할 부분이 없다는 말이에요."

안젤리나는 이제 로빈 레이얼에게 로빈 삼촌이라는 호칭도 사용하지 않았다.

안젤리나가 정원사들과 저택관리사들을 보며 입을 열었다.

"절대로 이 사람의 말을 들어서는 안 돼요. 이 저택의 주인은 나와 토마스 임을 당신들도 잘 알고 있을 테니 어떻게 행동할지 당신들이 스스로 판단해요."

안젤리나의 서늘한 목소리에 정원사들과 저택관리사들이 움찔했다.

로빈 레이얼이 성큼 안젤리나의 앞으로 걸어왔다.

"이 천박하고 망할 계십년이 감히 무엇을 믿고 내 일에 끼어드는 것이냐?"

로빈 레이얼이 우악스런 손을 내밀어 단번에 안젤리나의 목을 틀어쥐었다.

"큭!"

안젤리나로서는 예상하지 못했던 행동이었다.

연약한 안젤리나의 목이 단번에 부러져 나갈 정도로 위태롭게 느껴졌다.

안젤리나가 다리를 버둥거렸지만 로빈 레이얼의 손을 벗어날 수는 없었다.

놀란 얼굴로 보던 데니얼 엘트먼이 다가가려고 했지만 그의 앞으로 듀크 레이얼이 성큼 나서서 막아섰다.

"당신은 이미 레이얼 시스템에서 해임되었으니 상관할 일이 아니야. 그리고 이곳은 아버지의 말대로 레이얼 시스템의 자산으로 분류되었으니 이곳의 결정권도 아버지에게 있다는 것을 명심해. 저 여자를 구하고 싶다면 나를 뚫고 가야 할 거야. 자신이 있다면 언제든 덤벼도 좋아. 엘트먼씨."

이제는 이사라는 직함도 생략해버린 듀크 레이얼의 목소리는 서늘했다.

대학시절 미식축구로 나름 단단한 체격을 만들어 놓은 듀크 레이얼이었기에 평범하게 일만 해왔던 데니얼 엘트먼으로서는 완력으로 듀크 레이얼을 이길 수가 없었다.

안젤리나에게 다가갈 길이 막힌 데니얼 엘트먼이 놀란 목소리로 소리쳤다.

"사, 사모님!"

누구보다 안젤리나 부인의 정체를 잘 알고 있는 데니얼 엘트먼이었기에 자신의 눈앞에서 사모님이 봉변을 당하는 것에 경악한 것이다.

더구나 다른 사람도 아닌 시동생 로빈 레이얼에게 봉변을 당하는 것은 그에게도 상당한 충격이었다.

안젤리나 부인이 봉변을 당하는 모습을 지켜보던 한서영의 얼굴도 하얗게 질렸다.

"꺅! 당장에 그 손 놓지 못해요?"

한국이었다면 로빈 레이얼 같은 불한당은 그야말로 곤죽이 되도록 두들겨 맞을 일이었다.

하지만 로빈 레이얼은 전혀 들을 생각이 없었다.

하얗게 질린 한서영의 앞으로 이번에는 토마스 레이얼

회장의 주치의인 존슨 박사가 막아섰다.

존슨 박사의 얼굴은 딱딱하게 굳어져 있었다.

"네가 토마스 회장님을 치료하기 위해서 한국에서 온 년이로구나? 어린년이 무엇을 믿고 끼어드는 것인지 모르겠지만 천박한 네까짓 동양원숭이들이 함부로 끼어들 자리가 아니다."

존슨박사는 자신이 토마스 레이얼 회장의 주치의에서 밀려났다는 것에 상당히 화가 난 얼굴이었다.

한서영의 표정이 굳어졌다.

안젤리나의 목을 틀어쥔 로빈 레이얼이 하얗게 질린 얼굴로 상황을 지켜보고 있는 정원사와 저택 관리사들에게 소리쳤다.

"뭣들 해? 당장에 이것들을 내 눈앞에서 치워라. 모두 이 저택에서 쫓아내란 말이다."

로빈 레이얼 부회장의 목소리가 거실을 쩌렁하게 울렸다.

하지만 누구도 선뜻 움직이지 못했다.

"컥, 컥… 이것 좀 놔……."

안젤리나가 고통스러운 듯 몸을 버둥거렸지만 그녀의 얼굴은 어느새 파랗게 질려갔다.

로빈 레이얼은 자신의 계획을 훼방하는 사람이라면 그 누구라도 용서하고 싶지 않았다.

그의 눈이 자신의 손에 잡혀 고통스럽게 버둥거리는 안젤리나의 얼굴을 노려보았다.

“네가 내 형수라고? 날더러 그것을 믿으란 말이냐? 형수가 어디서 자신과 닮은 계집을 찾아서 날 속이려 하지만 내가 그따위 허접한 수작에 속을 것 같으냐? 자, 이제 말해 보거라. 진짜 형수는 어디에 있느냐?”

로빈 레이얼은 형수에게 이 저택을 레이얼 시스템에 곱게 양도한다는 사인을 받아야 안심할 수 있었기에 집요하게 진짜 안젤리나 부인의 위치를 물어보았다.

“컥, 컥… 놔… 이 나쁜 놈…….”

안젤리나의 눈에서 기어코 눈물이 흘러나왔다.

하지만 아무도 로빈 레이얼 부회장을 막을 수가 없었다.

그때였다.

“꺄! 엄마.”

어느새 토마스 레이얼 회장이 누워 있던 병실의 문이 열렸고 그곳에서 하얀색의 드레스를 입은 젊은 여자가 달려왔다.

하얗게 질린 얼굴의 토마스 레이얼 회장의 딸 에이미 레이얼이었다.

에이미 레이얼은 병실의 문을 열고 나오다 삼촌인 로빈 레이얼의 손에 엄마가 목이 잡혀 있는 것을 보고 기겁을 한 얼굴로 달려왔다.

안젤리나의 목을 틀어쥐고 있던 로빈 레이얼의 얼굴이 굳어졌다.

"에, 에이미?"

로빈 레이얼이 친형의 딸인 에이미 레이얼의 얼굴을 잊을 리가 없었다.

그의 눈에 비치고 있는 것은 정말 자신의 조카인 에이미 레이얼이었다.

그가 놀란 얼굴로 에이미를 바라보았다.

그의 손에 목이 잡혀서 버둥거리고 있는 안젤리나와 또래로 보이는 에이미 레이얼이었다.

에이미가 로빈 레이얼의 손에 잡힌 여자를 보며 엄마라고 부르며 달려들었다.

"엄마!"

"컥, 컥."

안젤리나는 억세게 죄어오는 로빈 레이얼의 손을 털어내기 위해서 고통스런 얼굴로 버둥거렸다.

"삼촌! 당장 엄마를 놔줘요."

울음소리와 비명이 섞인 에이미 레이얼의 고함소리가 저택을 쩌렁 울렸다.

로빈 레이얼은 지금의 상황이 이해가 되지 않는 듯 눈을 껌벅였다.

한순간 로빈 레이얼은 등에 서늘한 한기가 돋아나는 느

낌이 들었다.

그런 그의 귀로 다급해 하는 비명소리와 함께 차가운 목소리가 들려왔다.

"마, 마님!"

"그 손 놓지 못하겠느냐? 로빈!"

두 개의 목소리는 동시에 들려왔지만 뒤에 들려온 목소리는 참으로 차갑고 싸늘했다.

순간 로빈 레이얼이 머리를 돌렸다.

그의 눈에 자신의 앞으로 다급하게 달려오는 한 명의 사내와 함께 병실의 문 앞에 서 있는 젊은 사내의 모습이 들어왔다.

달려오고 있는 사람은 김동하에게 치료를 받고 천명을 돌려받은 저택의 집사 피터 에반스였고 문 앞에 서 있는 사내는 환자복을 걸친 눈에 익은 사람이었다.

로빈 레이얼의 얼굴이 굳어졌다.

너무나 익숙한 얼굴이었다.

젊은 시절의 형의 모습으로 돌아와 있는 친형 토마스 레이얼 회장이 차가운 시선으로 자신을 바라보고 있었다.

"혀, 형?"

"그 손 놓으라고 했다. 로빈!"

순간 어느새 달려온 피터 에반스 집사가 강한 힘으로 로빈 레이얼의 손을 비틀어 그의 손에서 안젤리나를 빼냈다.

로빈 레이얼의 손에서 벗어난 안젤리나 부인이 창백한 얼굴로 숨을 고르자 하얗게 질린 에이미 레이얼이 엄마를 다독였다.

"어, 엄마 괜찮아요?"

안젤리나가 헝클어진 머리칼을 정리하지도 못한 채 머리를 끄덕였다.

"나, 난 괜찮아."

에이미가 와락 눈물을 흘리며 안젤리나를 껴안았다.

"흑! 엄마, 아빠가 다시 살아나셨어요."

"뭐?"

안젤리나가 놀란 얼굴로 머리를 들었다.

좀 전까지 자신이 어쩌면 시동생인 로빈 레이얼의 손에 죽을지도 모른다는 생각이 들었을 정도로 급박했기에 상황을 볼 수가 없었다.

안젤리나의 눈에 얼음처럼 차가운 표정으로 동생인 로빈 레이얼을 쏘아보고 있는 남편 토마스 레이얼의 얼굴이 들어왔다.

순간 안젤리나의 얼굴이 굳어졌다.

"토, 토마스."

안젤리나의 눈에 들어온 토마스 레이얼의 얼굴은 지금까지 보아왔던 병실의 침대 위에서 깡마른 얼굴로 죽어가던 얼굴이 아니었다.

지금의 토마스 레이얼의 모습은 자신에게 너무도 다정했던 젊은 시절의 얼굴이었다.

토마스 레이얼의 시선이 바닥에 주저앉아 딸 에이미와 부둥켜안은 채 자신을 바라보고 있는 안젤리나의 얼굴로 향했다.

동생인 로빈 레이얼을 바라볼 때와는 전혀 다른 부드럽고 온화한 시선이었다.

"안젤리나. 오랜만에 당신의 얼굴을 보는군. 이렇게 안젤리나를 다시 볼 수 있으니… 산다는 것이 이렇게 좋을 줄은 몰랐어."

"토마스."

안젤리나의 눈에서 후드득 눈물이 떨어져 내렸다.

그토록 바라던 남편이 다시 자신의 곁으로 돌아오니 마치 꿈을 꾸는 느낌이었다.

자신과 딸 에이미를 예전의 아름다운 시절로 돌아가게 만들어준 김동하라면 남편이 다시 살아날 것이라고 믿었다.

그렇지만 이렇게 과거의 그 듬직했던 남편의 모습으로 바꾸어서 돌려줄 것이라곤 예상하지 못한 안젤리나 부인이었다.

안제리나는 당장 일어나 남편을 껴안고 남편의 실체를 자신의 손으로 확인하고 싶었다.

하지만 다리에 힘이 풀려서 그렇게 할 수도 없었다.
한편 형 토마스 레이얼의 모습을 본 로빈 레이얼의 얼굴은 백지장처럼 하얗게 질려 있었다.
지금 로빈 레이얼의 눈에 비친 것은 수십 년 전의 형 토마스 레이얼의 얼굴이었다.
자신보다 영리하고 어떤 일을 하든 자신보다 능숙하고 자신감 넘치게 처리하던 형 토마스 레이얼이었다.
그가 기억하고 있는 형 토마스 레이얼의 마지막 모습은 침대에 누워서 깡마른 얼굴로 천천히 죽어가던 것이 전부였다.
하지만 지금은 전혀 다른 모습의 형으로 돌아와 있었다.
로빈 레이얼의 머릿속이 하얗게 비워졌다.
과거의 모습으로 돌아와 있는 형이었지만 그렇다고 해도 자신의 형을 알아보지 못할 로빈 레이얼은 아니었다.
"혀, 형이 어떻게……."
로빈 레이얼이 딱딱하게 굳어지자 로빈 레이얼의 아들인 듀크 레이얼이 멍한 얼굴로 아버지를 바라보았다.
"아버지, 저 사람이 누구길래……."
듀크 레이얼은 자신보다 젊어 보이는 토마스 레이얼 회장이 자신의 큰아버지라고는 전혀 상상조차 하지 못했다.
동생인 로빈 레이얼을 차가운 시선으로 쏘아보던 토마스 레이얼 회장이 입을 열었다.

"내가 저 방안에서 몹쓸 병으로 천천히 죽어가고 있는 동안 네가 지금까지 무슨 일을 벌이고 있었는지 에이미한테 모두 들었다. 로빈."

로빈 레이얼이 하얗게 질린 얼굴로 더듬거렸다.

"저, 정말 형이야?"

로빈 레이얼은 젊은 모습의 토마스 레이얼 회장을 보며 온몸이 얼어붙는 느낌이었다.

토마스 레이얼 회장이 싱긋 웃었다.

"내 모습을 믿지 못하겠느냐? 하긴 나 역시 나를 믿지 못했을 정도로 충격을 받았는데 넌 더 큰 충격이겠지."

"이, 이럴 수가……."

"네가 보고 있는 나는 예전에도 로빈 너의 형이었지만 지금이라고 다르지 않겠지."

토마스 레이얼의 눈이 서늘한 한기를 담고 로빈 레이얼을 바라보았다.

로빈 레이얼의 몸이 가늘게 떨렸다.

"어떻게 이런 일이……."

토마스 레이얼 회장이 낮은 목소리로 입을 열었다.

"이 세상에는 로빈 네가 생각하지 못하는 기적이 얼마든지 있다는 것을 알아야 할 거야."

말을 마친 토마스 레이얼이 자신의 몸을 내려다보았다.

병상에 누워 있을 때 누군가 갈아입힌 잠옷차림이었지만

자신이 몹쓸 병에 걸렸다는 것을 알게 되면서 사라졌던 활력이 온몸에서 느껴지고 있었다.

자글자글한 주름으로 덮여있던 손등은 이제 주름 대신 선명한 혈색이 감돌았고 피부의 탄력도 느껴졌다.

"신이 나에게 다시 살아갈 기적을 베풀어 주었어. 난 그 신에게 진심으로 하루하루 감사하며 살아갈 것이다. 새로운 생명을 얻어 살게 된 나에게 하루하루의 시간은 너무나 소중한 것이니까 말이다."

말을 마친 토마스 레이얼이 시선을 돌려 자신이 새로운 천명을 돌려받은 몸으로 걸어 나온 병실의 입구에 담담한 표정으로 서 있는 김동하를 바라보았다.

그에게 김동하는 신이었다.

김동하를 바라보는 토마스 레이얼 회장의 시선에는 진심으로 감사하는 마음이 가득 담겨 있었다.

김동하는 그런 토마스 레이얼 회장을 부드러운 시선으로 바라보고 있을 뿐이었다.

로빈 레이얼이 멍한 얼굴로 중얼거렸다.

"신이라고?"

토마스 레이얼이 차가운 시선으로 동생을 바라보며 입을 열었다.

"네 눈으로 보이는 것을 믿을 수가 없겠느냐?"

"어떻게 이런 일이……."

로빈 레이얼은 형과 형수의 너무나 달라진 모습에 자신이 모르는 어떤 기적이 이곳에서 일어났다는 것을 그제야 실감했다.

안젤리나가 자신의 형수가 아니라고 생각했던 것이 얼마나 큰 착각이었는지 후회도 되었다.

한쪽에서 토마스 레이얼 회장의 말을 듣고 있던 그의 주치의인 존슨 박사가 다리에 힘이 빠진 듯 바닥에 털썩 주저앉았다.

"이건 기적이야."

마치 잠꼬대처럼 존슨 박사의 입에서 힘이 빠진 목소리가 흘러나왔다.

금방 죽어도 이상하지 않을 정도였던 토마스 레이얼 회장이 다시 살아난 것도 기적이었지만, 이렇게 젊은 모습으로 돌아간 것은 신이 선물한 기적 외에는 다른 어떤 것으로도 설명이 되지 않을 것이다.

그가 멍한 얼굴로 토마스 레이얼 회장의 얼굴을 올려다보았다.

회장의 주치의로 선임되면서부터 보아왔던 당시의 토마스 레이얼 회장의 얼굴보다 훨씬 젊어진 청년의 모습으로 돌아와 있었다.

"난 지금 꿈을 꾸고 있는 거야."

다시 자신의 눈을 의심한 존슨 박사가 혼자서 중얼거렸다.

토마스 레이얼이 머리를 돌려 로빈 레이얼을 바라보았다.

"로빈 너는 하나도 변한 것이 없구나. 예전에도 그랬지. 너는 내가 가진 것은 무엇이든 탐을 냈고 네 것으로 만들려고 했지. 너에겐 아무 소용이 없는 것이어도 내가 가졌다는 이유 하나만으로 이 형이 가진 것을 욕심냈었다."

"그건……."

"하지만 나에게는 로빈 네가 단 하나뿐인 동생이었기에 너의 그 욕심을 알고도 너에게 레이얼 시스템의 부회장 자리까지 만들어 준 것이었다. 너를 질책하는 것보다는 너를 내 곁에 가까이 두고 보살핀다면 적어도 내가 너의 그 황당한 탐욕을 다독여 줄 수 있을 것이라고 생각했는데. 그것이 얼마나 아둔한 착각이었는지 에이미의 말을 듣고 알았다."

로빈 레이얼이 주춤 뒤로 물러났다.

자신의 형인 토마스 레이얼이 젊은 시절에 자신의 무모한 탐욕을 질책할 때 들려주었던 말을 다시 듣게 되자 심장이 떨어지는 느낌이 들었기 때문이다.

토마스 레이얼이 천천히 로빈 레이얼의 앞으로 발걸음을 옮겼다.

투병을 시작할 때는 거동조차 힘들어서 누군가 부축을 하지 않으면 걸음조차 걸을 수 없었다.

그러나 지금은 어디에도 그가 아프다는 느낌은 들지 않았다.

김동하에게 천명을 돌려받은 이후 정신을 차린 그가 병실에서 딸 에이미를 통해 자신이 다시 살아나게 된 사연을 듣다가 거실에서 벌어지고 있는 소동에 곧장 자리에서 일어나 바로 거실로 나왔기에 그의 발은 맨발이었다.

뒤로 물러서던 로빈 레이얼의 등에 무언가 부딪쳤다.

아들 듀크 레이얼이었다.

"아, 아버지."

듀크 레이얼은 아버지 로빈 레이얼과 큰아버지인 토마스 레이얼의 대화를 듣다가 지금 자신의 앞에 서 있는 젊은 남자가 큰아버지라는 사실을 깨닫고 그 역시 얼굴이 하얗게 질렸다.

로빈 레이얼이 초점 없는 시선으로 듀크 레이얼을 돌아보았다.

이내 로빈 레이얼의 앞에 젊어진 모습으로 다시 살아난 토마스 레이얼 회장이 멈춰 섰다.

"로빈."

토마스 레이얼이 천천히 손을 내밀어 로빈 레이얼의 얼굴을 만졌다.

자신과는 달리 세월의 훈장인 주름이 깊게 패어 있는 동생이었다.

로빈 레이얼이 흠칫 몸을 떨었다.

형의 손길이 마치 자신을 단죄하는 느낌이 들었기 때문이다.

"이게……."

로빈 레이얼이 몸을 가늘게 떨자 형 토마스 레이얼이 동생의 얼굴을 손끝으로 쓸어내리며 입을 열었다.

"로빈, 넌 해서는 안 될 일을 했다. 알고 있겠지?"

"토, 토마스 형."

로빈 레이얼의 어금니가 질끈 깨물어졌다.

어릴 때 자신이 잘못하거나 실수했을 때, 자신의 잘못을 지적해주던 형 토마스 레이얼의 어투와 행동이 지금 눈앞에서 수십 년의 세월을 거슬러 다시 펼쳐지고 있었다.

단 하나도 다르지 않은 형 토마스 레이얼이 그에게 다시 돌아와 있는 것이다.

토마스 레이얼이 동생의 얼굴에서 손을 거두며 입을 열었다.

"로빈, 너는 이 형이 죽으면 나 대신 네가 가족처럼 보살펴야 할 안젤리나 형수와 조카인 에이미에게서 모든 것을 빼으려 했다. 안젤리나와 에이미에게서 나와의 추억이 가득한 이 집까지 빼으려 했던 것은 로빈 네가 한 실수 중에 가장 큰 실수였지. 더구나 형수인 안젤리나의 몸에 손을 댄 것은 로빈 네 스스로 나와의 혈연을 부정한 것과 같다.

로빈 너 스스로 우리가 하나의 혈통으로 이어진 가족임을 포기한 것이란 말이다."

토마스 레이얼 회장의 목소리는 나직했지만 로빈 레이얼의 귀에는 천둥처럼 들려왔다.

"나, 나는……."

로빈 레이얼이 무언가 변명을 하려 했지만 몸이 떨리고 있었기에 말을 하는 것도 힘들었다.

토마스 레이얼이 머리를 흔들었다.

동생의 변명조차 들어주고 싶은 심정이 아니었다.

할 수만 있다면 자신의 아내인 안젤리나와 딸 에이미에게 고통을 안겨준 동생을 후려치고 싶은 심정이었지만 억지로 눌러 참고 있었다.

"로빈, 넌 이제 네가 원하는 것을 단 한 개도 얻지 못할 것이다. 너도 알고 있겠지만 내가 이렇게 다시 돌아온 이상 실권이 없는 부회장이라는 직분으로는 네가 레이얼 시스템에서 할 수 있는 것은 단 한 가지도 없다는 말이다."

로빈 레이얼이 창백한 얼굴로 형을 바라보았다.

실제로 레이얼 시스템에서 부회장의 직분이 통하는 것은 회장의 부재 시에 한정되어 있었기에 부회장의 직분으로는 할 수 있는 것이 없었다.

그 때문에 형 토마스 레이얼 회장의 임종을 초조하게 기다리던 로빈 레이얼이었다.

형이 죽는 순간부터 레이얼 시스템의 모든 결재 권한은 부회장에게 이전되기 때문이다.

레이얼 시스템의 공개매각도 형의 임종이 확정되는 순간 진행이 될 예정이었고, 그 시한이 그다지 멀지 않다고 판단했던 로빈 레이얼이었다.

이미 토마스 레이얼 회장의 죽음은 신이라고 해도 막을 수 없는 일이라고 생각했기에 로빈 레이얼 부회장의 월권을 막을 사람도 없었다.

죽음을 앞둔 토마스 레이얼 회장이 사망선고를 받기도 전에 레이얼 시스템의 모든 경영권에 영향력을 발휘하고 있었던 로빈 레이얼이었다.

회장인 토마스 레이얼의 친동생이라는 명분이 그의 월권에 대한 이유가 되었다.

로빈 레이얼이 몸을 떨었다.

토마스 레이얼이 몸을 떨고 있는 친동생 로빈 레이얼을 물끄러미 바라보았다.

영문을 모르는 사람이 지금의 이 광경을 본다면 새파랗게 젊은 청년이 나이가 많은 노인을 겁박한다고 오해할 만한 광경이었다.

토마스 레이얼 회장이 입을 열었다.

"로빈 너는 절대로 해서는 안 될 일을 저질렀고 그에 대한 책임도 너 스스로가 져야 할 것이다."

"아, 안 돼."

로빈 레이얼은 토마스 레이얼이 무슨 말을 하려는 것인지 단번에 알아차렸다.

그가 창백한 얼굴로 토마스 레이얼을 바라보았다.

토마스 레이얼이 시선을 돌려 한쪽에 굳은 얼굴로 서 있는 데니얼 엘트먼 이사를 바라보았다.

"오랜만이군. 엘트먼."

데니얼 엘트먼이 머리를 숙였다.

"회장님!"

데니얼 엘트먼의 목소리가 떨리고 있었다.

그는 토마스 레이얼 회장이 과거의 그 젊고 패기 넘치던 청년의 모습으로 돌아온 것이 너무나 감격스러웠다.

토마스 레이얼이 머리를 끄덕였다.

"에이미로부터 엘트먼 자네가 우리 가족에게 어떤 도움을 주었는지 들었네. 진심으로 감사하게 생각하네."

데니얼 엘트먼이 머리를 숙이며 대답했다.

"회장님을 다시 뵙게 되어 너무나 고마울 뿐입니다."

"에이미로부터 자네의 이야기를 듣고 자네라면 그럴 수 있을 사람이라고 생각했지. 확실히 내가 엘트먼 자네를 보고 판단한 것이 틀리지 않았다고 말이야."

"해야 할 일을 했을 뿐입니다."

데니얼 엘트먼이 머리를 들어 토마스 레이얼 회장을 바

라보았다.

토마스 레이얼이 빙그레 웃으며 입을 열었다.

"고맙네 엘트먼."

"예! 회장님."

데니얼 엘트먼이 정중한 얼굴로 다시 이마를 숙이자 토마스 레이얼이 말했다.

"자네와 함께 우리 가족이 다시 재회하게 된 것을 축하하면 좋겠지만 그보다 먼저 자네가 해야 할 일이 있어. 받아들여 주겠는가?"

순간 데니얼 엘트먼의 가슴이 터질 듯이 두근거리기 시작했다.

"말씀하십시오. 회장님!"

"소중한 분들을 이곳으로 모셔오기 위해 먼 길을 다녀오는 탓에 쉬지도 못했다고 들었는데 깨어나자마자 일을 시키니 미안하네."

"아닙니다."

데니얼 엘트먼 이사가 머리를 흔들었다.

토마스 레이얼이 부드러운 시선으로 데니얼 엘트먼을 바라보며 머리를 끄덕였다.

"지금 이 시간부터 나의 동생이었던 로빈 레이얼을 레이얼 시스템의 부회장직에서 해임하고 내가 복귀하기 전까지 임시회장대행으로 데니얼 엘트먼 이사 자네를 지명한다. 동시에 로빈이 레이얼 시스템의 부회장으로 재임하던 기간 동안 레이얼 시스템의 모든 회계사들과 외부회계팀을 총 동원해서 그가 저질러온 월권행위나 횡령한 자금을 비롯하여 레이얼 시스템의 모든 자산에 관한 비리행위를 샅샅이 조사할 것을 지시하네. 만약 로빈에 관해서 조금의 비리행위라도 밝혀진다면 그 행위의 무겁고 가벼운 것을 떠나 형사고발조치와 민사소송을 동시에 진행하게. 나 몰래 레이얼 시스템에서 빠져나간 모든 자금을 회수하라는 말일세."

"알겠습니다."

"또한 나의 부재로 인해 로빈이 월권으로 행사한 레이얼 시스템의 모든 경영상태를 원래대로 되돌려 줄 것을 부탁하네."

토마스 레이얼 회장의 말이 끝나는 순간 로빈 레이얼의 눈이 질끈 감겼다.

그의 머릿속에서 쌓아 올렸던 거대한 제국이 한순간에 모래성처럼 허물어지는 느낌이 들었다.

로빈 레이얼의 몸에서 힘이 빠져나갔다.

형인 토마스 레이얼은 평소에는 유약하고 부드러운 성품이지만 문제가 닥쳤을 때 레이얼 시스템의 회장으로서 한 번 판단하고 결정하면 절대로 번복하거나 타협하지 않는다는 것을 누구보다 잘 알았다.

지금의 레이얼 시스템도 그런 형의 일관된 가치관으로 인해 만들어진 결실이었다.

데니얼 엘트먼이 상기된 얼굴로 머리를 들었다.

"알겠습니다 회장님!"

토마스 레이얼 회장이 싱긋 웃었다.

"잠시 잠을 자고 일어난 느낌인데 모든 것이 너무나 달라져 있너군. 아마 당분간은 자네가 무척 바빠질 것 같은데 내가 복귀하기 전까지 자네가 알아서 처리해주게. 부탁하네 엘트먼. 아니 이제는 엘트먼 회장대행으로 불러야겠군."

"예! 회장님."

데니얼 엘트먼의 눈이 번득였다.

로빈 레이얼이 눈을 떴다.

초점 잃은 그의 시선이 흔들리고 있었다.

"아, 안 돼, 이럴 수는 없어 형. 나 동생 로빈이야."

로빈 레이얼로서는 한순간에 자신이 가진 모든 것을 잃어버렸기에 너무나 절박한 심정으로 형 토마스 레이얼을 바라보았다.

토마스 레이얼이 머리를 흔들었다.

"로빈 너에 관해서는 이제 내 소관이 아니다. 아마 신임 회장대행의 지시로 정식으로 레이얼 시스템의 회계팀에서 너에 대한 조사를 시작할 테니 잘 준비해야 할 거야. 그리고 로빈 네가 안젤리나에게 손을 댄 순간부터 너는 나의 동생으로서 자격도 상실했다. 넌 이제 내 가족이 아니라는 말이다."

"형!"

로빈 레이얼이 하얗게 질린 얼굴로 형을 바라보았지만 토마스 레이얼은 냉정한 얼굴로 몸을 돌려버렸다.

로빈 레이얼의 손이 덜덜 떨리고 있었다.

"이, 이건 아니야. 내가 여기까지 어떻게 왔는데……."

며칠 안에 레이얼 시스템의 모든 것이 자신의 것이 될 것이라고 생각했던 로빈 레이얼이었다.

그런 그에게 지금의 토마스 레이얼 회장의 선고는 그야말로 파산선고와 같은 느낌을 안겨주다.

그가 등을 돌리는 형 토마스 레이얼을 바라보았다.

"모든 게 내 것이었는데 모두 가져간다고?"

혼잣말처럼 중얼거리는 로빈 레이얼의 눈에 얼핏 광기가 흘렀다.

냉정한 얼굴로 동생의 앞에서 몸을 돌린 토마스 레이얼의 표정이 살짝 굳어졌다.

그의 눈에 창백한 얼굴로 거실바닥에 주저앉아 있는 주치의 존슨 박사가 보였기 때문이다.

토마스 레이얼 회장이 담담한 얼굴로 존슨박사를 바라보다가 입을 열었다.

"주치의로서 그동안 날 보살펴 주어서 고맙소, 존슨 박사."

"회, 회장님!"

"힘들었을 테니 이제 주치의 직은 내려놓고 편하게 사시구려. 그동안의 노고는 레이얼 시스템에서 정식으로 대가를 지불할 것입니다."

존슨 박사를 사신의 주치의에서 해임한다는 통보였다.

존슨 박사의 몸이 후들거렸다.

그로서는 반드시 이곳에 남아서 토마스 레이얼 회장이 이렇게 회복된 것에 대한 임상조사를 하고 싶은 마음이 굴뚝같았다.

하지만 그럴 수도 없이 바로 지금 해임되어 온몸에서 힘이 빠져나갔다.

존슨 박사의 시선이 병실의 입구 가까운 쪽에 회장의 전담간호사인 제니스 엘리언과 함께 서있는 김동하를 바라보았다.

지금의 이 모든 것을 가능하게 만든 사람이 바로 김동하라는 것을 직감했다.

김동하의 곁에 서 있는 제니스 엘리언이 경이로운 시선으로 김동하를 바라보는 것으로 알 수 있었다.

제니스 엘리언의 얼굴에 떠올라 있는 것은 존경과 흠모의 시선이었다.

그때였다.

“아니야. 이건 아버지와 나를 속이려는 사기야. 이 망할 패거리들이 작심을 하고 우릴 속이려는 것이라고.”

듀크 레이얼이 벌겋게 달아오른 얼굴로 소리쳤다.

듀크 레이얼은 자신보다 젊어 보이는 토마스 레이얼 회장이 아버지보다 나이가 많았던 큰아버지라는 것도 믿어지지 않았고, 자신보다 어려보이는 안젤리나 부인이 큰어머니라는 것도 믿을 수가 없었다.

더더구나 금방이라도 임종을 할 것 같았던 큰아버지 토마스 레이얼이 이렇게 멀쩡한 몸으로 회복했다는 것은 절대로 믿어지지 않았다.

듀크 레이얼은 이 세상에 절대의 존재인 신이나 그런 신이 배려하는 기적 따위는 없다고 믿는 그야말로 현실적인 남자였다.

듀크 레이얼이 소리쳤다.

“모두 여기서 나가! 여긴 나와 레이얼 시스템의 부회장인 아버지의 직권으로 레이얼 시스템의 소유로 등재한 곳이야. 사유지란 말이야. 나가, 나가.”

듀크 레이얼이 미친 듯이 소리치고 있었다.

그런 듀크 레이얼의 앞으로 새로운 레이얼 시스템의 회장대행으로 선임된 데니얼 엘트먼이 다가섰다.

“듀크 레이얼, 당신을 레이얼 시스템의 구조조정 본부장의 직위에서 해임하고 레이얼 시스템에서 재직했던 기간 동안의 당신이 관여되어 있는 모든 프로젝트와 그에 관한 회계자료를 조사할 것이니 준비해 놓아야 할 거요."

듀크 레이얼이 이를 악물었다.

"웃기는 소리. 당신이 무슨 권한으로? 오히려 당신이 레이얼 시스템의 이사직에서 해임되었다는 것을 알아야 할걸?"

듀크 레이얼은 토마스 레이얼 회장이 자신의 아버지를 해임한 것도 인정하지 않았고 토마스 레이얼 회장이 회장대행으로 선임했던 데니얼 엘트먼도 인정하지 않았다.

데니얼 엘트먼이 싱긋 웃었다.

"아직도 현실을 인정하지 않는군 그래. 하지만 세상이 곧 얼마나 냉정한지 알게 될 거야. 듀크 레이얼씨. 내가 장담하는데 조만간 우리는 법정에서 다시 만나게 될 거야."

데니얼 엘트먼의 말에 듀크 레이얼의 얼굴이 일그러졌다.

"이 망할 작자가……."

데니얼 엘트먼이 듀크 레이얼보다 20살 이상 나이가 많았지만 듀크 레이얼은 치미는 노기를 참지 못하고 주먹을 움켜쥐었다.

대학시절 미식축구로 다져진 그의 건장한 체격이라면 이곳에 있는 그 누구라도 듀크 레이얼을 힘으로는 감당할 수 없을 것이다.

지금도 쉬는 날이면 헬스짐에서 근육을 단련할 정도로 나름 자신의 관리에 철저한 듀크 레이얼이다.

그가 데니얼 엘트먼의 앞으로 성큼 다가섰다.

마치 데니얼 엘트먼을 후려칠 것 같은 완강한 태도였다.

그때 토마스 레이얼이 듀크 레이얼을 바라보며 입을 열었다.

"그만 두지 못하겠느냐?"

나직하지만 단호한 음성이었다.

듀크 레이얼이 토마스 레이얼을 쏘아보았다.

"당신이 큰아버지라고? 그것을 누가 믿겠어? 나보다 어려 보이는데 그런 당신이 아버지의 형이라고 한다면 세상 사람 누가 믿을까?"

듀크 레이얼은 절대로 지금의 이 상황을 받아들이지 못하고 있었다.

그때 한쪽에 서 있던 토마스 레이얼 회장의 전담간호사 제니스 엘리언이 상기된 얼굴로 입을 열었다.

"그분은 분명히 토마스 회장님이세요. 여기 이 분이 직접 치료를 하셔서 살려내신 거란 말이에요. 내 눈으로 똑똑히 보았고 에이미 아가씨도 같이 보았어요. 지금 듀크 도련님이 무례를 범하고 있는 분은 듀크 도련님의 큰아버지라는 것을 아셔야 해요."

제니스 엘리언의 말에 듀크 레이얼이 멍한 표정으로 좀 전에 큰아버지를 치료했다고 가리킨 김동하를 바라보았다.

김동하의 시선은 담담했다.

듀크 레이얼이 김동하를 바라보았다.

"저 동양원숭이가 치료를 했다고?"

그때 날카로운 소리가 들렸다.

"어디서 함부로 동양원숭이라고 지껄이는 거예요? 그렇게 말하는 당신은 머릿속에 비계만 가득한 근육덩어리 흰둥이인가요?"

한서영이었다.

한서영은 듀크 레이얼이 김동하에게 동양원숭이라는 말을 하자 참을 수가 없어서 끼어든 것이다.

듀크 레이얼의 시선이 이번에는 한서영에게 향했다.

그의 눈이 번들거리고 있었다.

"왜? 동양원숭이보고 동양원숭이라고 하는데 잘못되었나? 너는 동양인치고는 제법 반반해서 한 번쯤은 안아줄 수도 있겠지만 너 역시 천박한 동양원숭이 계집인 것은 변하지 않는단 말이다. 크큭."

듀크 레이얼이 희번덕거리면서 한서영의 몸매를 훑었다.

한서영의 눈이 상큼하게 치켜떠졌다.

"멍청한 놈! 큰어머니와 큰아버지도 못 알아보는 한심한 놈."

"뭐?"

듀크 레이얼의 눈에 시퍼런 광채가 떠올랐다.

그것은 한순간의 분노를 못이긴 살기와 같았다.

만약 듀크 레이얼에게 총이 있었다면 이 자리에 있는 모든 사람들을 모두 쏴 죽였을 수도 있을 것이다.

그때였다.

"듀크! 그만하거라."

약간 갈라진 느낌으로 들려오는 목소리였다.

듀크 레이얼이 몸을 돌렸다.

그의 눈에 창백한 얼굴로 힘겹게 몸을 일으키고 있는 아버지 로빈 레이얼의 모습이 들어왔다.

"아, 아버지."

듀크 레이얼이 눈을 껌벅이며 재빨리 로빈 레이얼에게 다가섰다.

로빈 레이얼이 머리를 흔들었다.

"소란 피울 것 없다."

"괜찮으세요?"

듀크 레이얼이 번들거리는 눈빛으로 아버지 로빈 레이얼을 살펴보았다.

로빈 레이얼이 어금니를 깨물며 형 토마스 레이얼 회장

을 보았다.

“형이 어떻게 병을 치료하고 형수처럼 과거의 모습으로 돌아가게 됐는지 모르겠지만 우선 다시 살아난 것은 축하하지. 기회가 있다면 형처럼 나도 다시 젊어지고 싶은데…….”

말을 하던 로빈 레이얼이 김동하를 바라보았다.

그의 눈이 마치 김동하를 자신의 머릿속에 각인시키려는 듯이 노려보듯 쏘아보고 있었다.

하지만 김동하의 표정은 전혀 흔들림이 없었다.

로빈 레이얼이 중얼거렸다.

“곧 기회가 오게 될 거야.”

혼잣말이었지만 김동하의 귀에는 선명하게 들려왔다.

로빈 레이얼은 지금까지 형인 토마스 레이얼과 형수 안젤리나에게 벌어진 일들이 김동하와 관련되어 있다는 것을 직감하고 있었다.

지금까지 이곳에서 벌어진 모든 것이 믿어지지 않았지만 다시 젊어진 토마스 레이얼을 보는 순간 피를 나눈 혈연으로 이어진 직감으로 단번에 진짜 자신의 형이라는 것을 느낄 수 있었다.

그리고 그 모든 과정이 한국에서 온 김동하와 한서영이 관련되어 있다는 것을 알아차린 것이다.

그로서는 어떤 식으로든 김동하와 단둘이서 은밀하게 대

면하고 싶은 욕심이 생겼지만 지금 그것을 노골적으로 요구하는 멍청한 짓은 하고 싶지 않았다.

동생 로빈 레이얼의 말을 듣고 있는 토마스 레이얼은 아무 말도 하지 않았다.

로빈 레이얼의 눈에 떠올라 있는 것은 하나의 광기와 같은 빛이었기에 자극하고 싶은 생각도 들지 않았다.

로빈 레이얼이 다시 토마스 레이얼을 바라보며 입을 열었다.

"더 이상 나를 가족으로 인정하지 않는다고? 내가 가진 모든 것을 뺏는다고?"

눈빛을 번득이는 로빈 레이얼의 몸에서 지독한 살기가 흘러나오고 있었지만 그것을 감지할 수 있는 사람은 김동하뿐이었다.

김동하는 그런 로빈 레이얼을 무심한 시선으로 바라보고 있었다.

만약 로빈 레이얼의 지금의 살기가 자신이나 한서영에게 향했다면 당장에 그의 천명을 회수할 정도로 진한 살기였다.

로빈 레이얼이 이를 드러내며 웃었다.

"뭐 좋아. 형이 나를 가족으로 생각하지 않는다면 나도 가족이 되는 것을 사양하지. 하지만 과연 형 말대로 내 것을 뺏어갈 수 있을지 두고 보지. 재미있어질 거야. 크크크."

차갑게 웃는 로빈 레이얼의 눈이 초록색으로 빛나고 있었다.

말을 마친 로빈 레이얼이 자신의 아들인 듀크 레이얼을 바라보며 입을 열었다.

"돌아가자 듀크!"

"아, 아버지!"

"곧 다시 만나게 될 것이니 소란피울 필요 없나."

로빈 레이얼의 단호한 말에 듀크 레이얼이 아쉬운 시선으로 거실에 모인 모든 사람들을 둘러보았다.

듀크 레이얼의 시선도 그의 아버지처럼 번들거렸다.

"아버지의 말대로 다시 만날 테니 두고 보자고."

듀크 레이얼의 눈빛은 뱀의 눈빛처럼 섬뜩했다.

"가자."

로빈 레이얼이 성큼 저택의 입구로 향했다.

그의 뒤를 듀크 레이얼이 따르고 있었다.

저택을 떠나는 로빈 레이얼의 등을 지켜보고 있던 데니얼 엘트먼이 입을 열었다.

"두 분 모두 레이얼 시스템의 본사로는 돌아가지 않는 것이 좋을 겁니다. 회사에 통보해서 더 이상 부회장실이나 구조조정 본부장실 같은 곳은 존재하지 않게 만들 생각이니까요. 또한 두 분의 해임도 정식으로 회사에 알릴 것이니 예전과 같이 환영받지 못할 겁니다."

데니얼 엘트먼의 목소리는 싸늘했다.

순간 현관 쪽으로 발걸음을 옮기던 로빈 레이얼이 우뚝 그 자리에서 발걸음을 멈추었다.

뒤를 돌아보지 않는 등을 돌린 자세였다.

약간 늘어진 로빈 레이얼의 어금니가 부러질 듯이 앙다물어졌다.

로빈 레이얼은 손톱이 자신의 손바닥을 뚫을 정도로 움켜쥐었다.

듀크 레이얼도 이를 악물며 등을 돌리고 있는 아버지 로빈 레이얼을 바라보았다.

하지만 그것도 잠시, 이내 두 사람이 현관 밖으로 걸어 나갔다.

두 사람이 저택을 떠나자 저택에는 묘한 공기가 감돌았다.

그것은 죽음에서 다시 살아나온 사람과 재회하는 사람들만이 가질 수 있는 설렘과 부드러운 기류였다.

흉터

"토마스……."

떨리는 손끝이 부드럽게 미소를 머금고 옷을 갈아입고 있는 사내의 얼굴을 만졌다.

방안은 제법 넓었지만 두 남녀 외에는 아무도 보이지 않았다.

사내의 얼굴을 만지는 여인의 갸름한 손끝엔 잘 손질된 손톱이 길러져 있었지만 매니큐어의 흔적은 보이지 않았다.

다만 얼굴을 만지는 손의 왼손 약지에 은색의 반지가 끼워져 있었고 반지에 박힌 보석이 눈부시게 반짝였다.

자신의 얼굴을 만지는 여인의 손끝을 부드러운 시선으로 바라보고 있는 사내의 입가에는 보는 사람들이 저절로 녹아들 정도로 부드러운 미소가 떠올라 있었다.

깔끔한 와이셔츠에 잘 다려진 회색바지로 갈아입은 20대 후반이나 30대 초반으로 보이는 사내는 김동하에게 천명을 돌려받아 다시 살아난 토마스 레이얼 회장이었다.

동생인 로빈 레이얼과 조카 듀크 레이얼이 돌아가자 오랫동안 자신의 몸에 걸쳐져 있던 옷을 모두 갈아입기 위해서 저택에서 오직 두 부부만 사용할 수 있는 안방으로 건너왔다.

안젤리나는 자신의 앞에서 옷을 갈아입고 있는 남편을 보며 마치 꿈을 꾸는 느낌이었다.

이렇게 행복해도 될지 어쩌면 무서워지기도 했다.

하지만 눈을 감으면 지금의 현실이 꿈으로 되돌아갈 것 같아서 남편의 일거수일투족을 단 한순간도 놓치지 않고 바라보았다.

그러다 결국 참을 수 없어서 남편의 얼굴을 쓰다듬은 것이다.

토마스 레이얼이 자신의 얼굴을 쓰다듬는 여인을 마주본 채 와이셔츠의 마지막 단추를 채우며 입을 열었다.

"안젤리나… 당신은 여전히 아름답네."

이미 딸 에이미 레이얼을 통해 자신을 치료해준 신(?) 김동하로부터 아내 안젤리나가 예전의 젊음을 되찾았다는 것을 들었다.

그럼에도 지금 자신의 앞에서 촉촉한 눈망울로 자신을 바라보고 있는 아내의 모습을 보자 토마스 레이얼은 가슴이 두근거렸다.

예전에도 아름다웠지만 품위가 있었고 늘 단아한 자태를 자랑하던 안젤리나였다.

그런 아내가 세월이 흐르면서 늙어가고 있다는 것을 안타까워했다.

하지만 지금 자신의 얼굴을 만지고 있는 아내 안젤리나는 젊은 시절 토마스 레이얼이 한눈에 반했던 그 아름다운 여인으로 돌아와 있었다.

안젤리나가 촉촉한 눈빛으로 자신의 남편인 토마스 레이얼을 바라보았다.

"당신 정말… 토마스가 맞아요?"

자신과 같이 젊은 시절의 모습으로 돌아온 남편을 보며 벌써 몇 번째 물어보는 것인지 수없이 반복한 질문이었다.

토마스 레이얼이 빙그레 웃었다.

"난 한 번도 안젤리나의 남편인 토마스가 아닌 적이 없었어. 죽어갈 때도 그랬지만 이렇게 다시 살아나게 된 뒤에도 여전히 안젤리나의 남편인 토마스야."

"아아… 토마스."

와락.

남편이 다시 살아났다는 것을 몇 번이나 확인했지만 그럼에도 이렇게 눈앞에서 마주보고 있다는 것이 여전히 감격스러워 견딜 수 없는 안젤리나였다.

안젤리나가 토마스 레이얼의 허리를 안고 꽉 힘을 주었다.

안젤리나의 머릿속에 예전 자신과 남편이 지금처럼 젊었던 시절, 그녀가 남편을 안았을 때 그 듬직하고 포근했던 품이 떠올랐다.

마치 시간을 거슬러 그때로 돌아간 느낌이었다.

토마스 레이얼도 오랜만에 아내인 안젤리나를 다정하게 껴안았다.

살아나지 못할 것이라고 생각했고 두 번 다시 아내를 안아보지도 못할 것이라고 생각했기에 더더욱 지금의 아내 안젤리나와의 포옹이 꿈만 같았다.

토마스 레이얼이 자신의 품에 안긴 안젤리나의 머리칼에 살짝 얼굴을 묻었다.

마치 무언가 냄새를 맡으려는 듯했다.

잠시 아내의 머리칼에서 풍겨 나오는 향기를 맡던 토마스 레이얼 회장의 입에서 부드러운 목소리가 흘러나왔다.

"당신의 머리칼에서 예전 당신의 몸에서 풍기던 향이 다시 느껴지는 것 같군. 나한테 힘을 불어넣어주던 당신만의 향이었는데…….”

토마스 레이얼의 말에 안젤리나가 살짝 웃었다.

“난 지금 화장도 하지 않았어요.”

“예전의 그 아름다운 모습으로 돌아온 당신이니까 그때 당신의 몸에서 풍기던 그 달콤했던 향기도 같이 돌아온 것 같아.”

토마스 레이얼은 지금의 이 상황이 너무나 소중하고 뭉클했다.

지금 이 순간을 영원히 놓치기 싫은 심정이었기에 아내를 안고 있는 팔에 힘을 주었다.

죽음의 문턱에서 간신히 돌아왔다는 것이 믿어지지 않을 정도로 토마스 레이얼 회장의 팔에 힘이 실려 있었다.

자신을 안아주는 남편의 팔에 힘이 실리는 것을 느낀 안젤리나도 토마스 레이얼을 꽉 껴안았다.

“이대로 영원히 시간이 멈추어 버렸으면 좋겠어요.”

“그 분의 권능으로 다시 살아난 당신과 나야. 멈춰버린 시간 속에 영원히 머문다면 좋겠지만 그렇게 한다면 당신과 나에게 이렇게 새로운 삶의 시간을 배려해준 그분께 미안하지 않겠어?”

토마스 레이얼은 자신과 아내 안젤리나 그리고 딸인 에이미에게까지 신의 권능을 배려해준 김동하가 너무나 고맙고 감사했다.

김동하가 원한다면 앞으로 살아가는 동안 김동하의 하인으로 살 수도 있을 것이라고 생각했다.

안젤리나가 얼굴을 토마스 레이얼의 가슴에 기대면서 입을 열었다.

"토마스 당신이 너무나 좋은 삶을 살았기에 하늘이 그 분을 당신과 나에게 보내준 것 같아요."

끄덕.

토마스 레이얼이 머리를 끄덕였다.

"내가 살아온 삶이 그다지 좋았다고 할 순 없지만 나쁘게 살아온 것은 아닌 게 분명하지. 하지만 이런 은혜는 어떻게 갚아야 할 것인지 걱정되는군. 이 세상 그 어떤 것으로도 새로운 생명을 다시 돌려준 것에 비교할 순 없을 테니까."

"욕심이 없는 사람들이었어요. 그리고 참 어울리는 분들이었고요."

안젤리나의 말에 토마스 레이얼이 대답했다.

"처음 눈을 떴을 때 난 내가 죽어서 다른 세상에 와 있다고 생각했어. 맑고 부드러운 시선으로 나를 내려다보던 그 분의 눈빛을 보며 난 신과 마주보고 있다는 생각이 들었으니까."

안젤리나 부인이 대답했다.

"이렇게 우리에게 새로운 생명을 다시 살게 해준 그분은 당신 말대로 신일 거예요. 신이 토마스와 나에게 와 준 거예요."

두 부부는 김동하를 신으로 인정하고 있었다.

그때였다.

똑똑.

문에서 노크소리가 들리면서 맑고 낭랑한 목소리가 울렸다.

"엄마, 아빠! 뭐하세요? 그분들이 기다리고 계신단 말이에요."

문 밖에서 들려오는 목소리는 토마스 레이얼 회장과 안젤리나 부인의 무남독녀인 에이미 레이얼의 목소리였다.

예전과는 달리 아빠가 살아난 이후 에이미의 목소리에는 활기가 넘쳤다.

토마스 레이얼과 안젤리나가 화급하게 떨어졌다.

"참! 그렇지."

"내 정신 좀 봐."

지금 거실에는 자신들에게 새로운 생명과 함께 가장 아름다웠던 시절로 시간을 돌려준 은인들이 기다린다는 것을 잠시 잊고 있었다.

안젤리나가 다급하게 대답했다.

"응! 아빠가 옷을 다 갈아입었으니 지금 나갈 거야. 에이미."

"알았어요. 빨리 나오세요."

문밖에서 다시 에이미의 목소리가 들려오며 이내 멀어지는 듯했다.

안젤리나가 토마스 레이얼이 갈아입은 옷을 이리저리 살펴보았다.

토마스 레이얼이 젊은시절 입었던 옷이었지만 지금도 너무나 잘 맞았다.

"완벽해요."

안젤리나가 만족한 듯 머리를 끄덕였다.

토마스 레이얼이 싱긋 웃었다.

그 역시 오래전에 입었던 옷을 금 입어도 너무나 신기할 정도로 잘 맞는다는 것에 놀랄 정도로 만족감이 들었다.

이내 두 사람이 안방에서 나와 거실로 향했다.

저택의 안방은 2층에 위치해 있었기에 거실로 향하려면 계단을 통해 거실로 내려가야 한다.

두 부부가 다정하게 손을 잡고 거실로 향하는 계단으로 걸음을 옮겼다.

딸그락—

영국에서 만들어진 차이나풍의 하얀 찻잔이 테이블 위에 내려졌다.

찻잔을 내려놓는 손길이 너무나 신중해서 오히려 찻잔을

받는 사람이 무안해질 정도였다.

찻잔의 받침접시 위에 놓인 은빛의 티스푼이 보석처럼 빛나고 있었다.

찻잔을 내려놓는 사람은 깔끔한 연미복을 걸친 30대의 잘생긴 남자였다.

손에 하얀색의 장갑을 끼고 은쟁반에 담아서 가져온 찻산을 내려놓는 사람은 토마스 레이일 회장이 다시 친명을 돌려받을 때 함께 김동하에게 새로운 생명을 돌려받은 피터 에반스 집사였다.

그로서는 친구이자 저택의 주인인 토마스 레이얼 회장을 다시 살려주고 자신에게도 천명을 내려준 김동하와 한서영은 평생 은혜를 갚아도 모자랄 은인과 같았다.

더구나 자신에게도 수십 년의 세월을 거슬러 다시 젊은 시절로 시간을 돌려준 것은 너무나 고맙고 감격스러운 은혜였다.

그 때문에 차 한잔을 내려놓는 것에도 지나칠 정도로 예의와 정성을 다하고 있었다.

피터 에반스가 찻잔을 내려놓으며 입을 열었다.

"어떤 차를 좋아하실지 몰라 홍차를 가져왔습니다. 다른 차를 원하신다면 언제든 말씀해 주십시오."

피터 에반스 집사의 목소리는 무척이나 정중했다.

한서영이 눈을 반짝이며 대답했다.

"아니에요. 이것으로 충분해요."

김동하도 피터 에반스가 내려놓은 찻잔에서 피어오르는 홍차 향에 눈을 반짝였다.

예전에 김동하의 아버지인 어의 김정선이 간혹 의서를 펼치고 밤을 새울 때 어머니가 아버지에게 끓어주시던 우롱차와 비슷한 향이 느껴졌기 때문이다.

홍차는 우롱차보다 차잎을 더 숙성시킨 것이었기에 홍차에서 우롱차의 향기를 느끼는 것은 당연했다.

한서영이 김동하를 보며 입을 열었다.

"커피보다는 동하의 입에 홍차가 더 맞을 거야. 마셔봐."

한서영이 김동하에게 건넨말은 한국어였기에 피터 에반스는 알아들을 수 없었다.

김동하가 찻잔을 들며 입을 열었다.

"오래전 저의 아버님이 의서를 공부하고 계실 때 아버님께 책을 빌리러 서재에 들어가면 아버님의 서재에서 풍겨지던 우롱차의 향이 희미하게 느껴집니다. 꼭 그때의 향은 아니지만 어째 낯선 느낌은 아니군요."

"그래?"

한서영이 눈을 반짝였다.

홍차의 역사는 김동하가 살던 시대와 그다지 동떨어져 있지 않았기에 김동하에게도 익숙한 향일 수 있다고 생각

했다.
한서영이 홍차를 입으로 가져가 한 모금 마셨다.
향긋한 홍차의 향이 입안 가득히 느껴졌다.
김동하 역시 홍차를 들고 한모금 마시자 이내 달콤한 향이 느껴졌다.
김동하에게는 역시 커피보다는 홍차의 향이 더 익숙하고 편했기에 충분히 만족했다.
그때였다.
이층으로 올라가는 계단에서 흰색의 드레스를 입은 젊은 여인이 걸어 내려왔다.
레이얼가의 무남독녀 에이미 레이얼이었다.
"아빠가 옷을 다 갈아입었다고 했으니 곧 내려오실 거예요."
이란산 카펫이 깔려 있는 계단을 밟고 거실로 내려오는 에이미의 표정은 무척 밝았다.
아빠가 다시 살아난 것도 고마웠고 자신과 어머니에게 젊은 시절의 시간을 돌려준 것도 고마워 한사코 김동하와 한서영의 곁에서 자신의 손으로 접대를 하려고 했던 에이미였다.
할 수만 있다면 김동하와 한서영이 영원히 이곳에서 머물렀으면 하는 심정이었다.
두 사람만 곁에 있다면 영원히 엄마와 아빠가 죽을 일은 없을 것이기 때문이다.

한서영은 처음 에이미 레이얼을 보았을 때보다 훨씬 밝아진 그녀를 보며 생긋 웃었다.

결혼도 하지 않은 채 홀로 늙어가던 에이미 레이얼이 몰라볼 정도로 예뻐진 것이 흐뭇했다.

에이미가 한서영의 곁으로 와서 앉았다.

어머니인 안젤리나 부인을 닮아 꽃다운 처녀시절에는 주변에서 예쁘고 아름답다는 말을 귀에 딱지가 앉을 정도로 많이 들었던 에이미였다.

주변에 애정을 구걸하는 사내들이 넘쳐흘렀지만 평소 남자들에게 별로 관심이 없었다.

안젤리나 부인이나 아버지 토마스 레이얼 회장은 딸이 홀로 독신으로 살아가는 것이 안타까웠웠지만 딸에게 결혼을 강요하지는 않았다.

그런 에이미도 나이를 먹어감과 동시에 그 아름다움도 천천히 사라지면서 예전에는 귀찮았을 정도로 많은 남자들의 구혼공세에 시달렸지만 지금은 그것도 사라졌다.

하지만 지금의 에이미는 그때의 그 아름다운 시절보다 더 아름다운 모습으로 돌아와 있었다.

그녀의 어머니 안젤리나보다 약간 더 어려보일 뿐 마치 안젤리나와 자매처럼 보일 정도였다.

자신이 다시 젊어졌다는 것을 느낀 에이미 레이얼은 예

전의 그 차분하고 조용했던 분위기가 아닌 약간은 명랑해진 듯했다.

에이미가 김동하와 한서영이 마시고 있는 찻잔을 바라보다가 이내 머리를 돌려 피터 에반스 집사를 바라보았다.

"피터 아저씨. 나도 차 한잔 주세요. 이분들이 마시는 것과 같은 것으로요."

에이미는 사소한 하나까지 한서영과 김동하와 공유하고 싶었다.

피터 에반스가 눈을 반짝였다.

"아가씨는 레모네이드를 즐겨 마시지 않으셨습니까?"

에이미가 생긋 웃었다.

"아니에요. 지금은 그냥 이분들과 같은 것으로 마시고 싶어요."

저택에서 에이미가 가장 좋아하는 음료가 얼음을 띄운 레모네이드라는 것을 모르는 사람은 없었다.

그런 에이미 레이얼이 지금은 한서영과 김동하가 마시는 홍차를 원하는 것은 무척 이색적인 일이었다.

뜨거운 것을 싫어하는 에이미는 커피조차 냉장을 시킨 커피를 마실 정도였다.

피터 에반스 집사가 가볍게 머리를 숙였다.

"알겠습니다."

이내 피터 에반스가 거실의 한쪽 모퉁이를 돌아나갔다.

거실에서는 저택의 주방이 절대로 보이지 않도록 설계되어 있었다.

피터 에반스가 사라지자 에이미가 한서영과 김동하를 약간 상기된 얼굴로 바라보았다.

에이미가 약간 망설이는 듯 입술을 달싹거리다가 결국 입을 열었다.

"두 분이 계시는 한국은 어떤 곳인가요?"

질문을 하는 에이미의 눈이 반짝였다.

막 차를 마시려던 한서영이 눈을 깜박이며 에이미 레이얼을 바라보았다.

"조용한 나라예요. 예절을 귀중하게 여기는 곳이고 사람들은 친절한 곳이죠. 그리고 세상에서 가장 빨리 변해가는 곳이기도 하고요."

한서영의 말에 에이미 레이얼의 눈이 초롱해졌다.

"두 분이 계시는 곳이라면 한번 가고 싶어요. 전 미련하게도 아직 한 번도 이곳 미국을 떠나본 적이 없어요."

한서영의 표정이 약간 멍해졌다.

"한 번도 미국을 떠나본 적이 없다고요?"

에이미 레이얼의 아버지 토마스 레이얼 회장의 레이얼 시스템이라면 전세계 계측기 분야에서 최첨단을 달리는 거대기업이다.

그런 레이얼 시스템의 총수 딸이 외국여행을 한 번도 하지 않았다는 것은 꽤나 놀랄 만한 일이었다.

사람이 살고 있는 곳이라면 부자와 가난한 자에게 주어지는 굴레는 같은 조건일 것이다.

돈이나 생활에 지장을 받지 않고 평생 풍족하게 살아가는 사람이라면 자신이 머물고 있는 자리보다는 더 먼곳을 바라보게 되겠지만 당장 일상이 흔들릴 정도로 가난한 사람이라면 현실에서 시선을 돌리지 못하는 것이 정상이었다.

하지만 아버지가 일구어 놓은 엄청난 자산을 배경으로 가진 에이미 레이얼이었지만 그녀는 늘 자신의 자리에서 머물고만 있었던 것이다.

에이미가 부끄러운 듯 웃었다.

"전 누군가 다른 사람을 만난다는 것이 늘 두려웠어요. 그래서 늘 제 주변에는 제가 아는 얼굴들만 있었지요."

에이미는 자신이 지금까지 혼자일 수밖에 없었던 사연을 천천히 털어놓기 시작했다.

"지금까지 결혼을 하지 않았던 것도 누군가 제가 모르는 사람과 인연을 맺는 것이 두렵고 무서워서 그럴 수밖에 없었던 거예요. 그런데……."

에이미가 한서영과 김동하를 바라보며 눈을 반짝였다.

"여기 이집에서 두 분을 처음 보는 순간 마치 오랫동안 알고 지낸 듯한 가족을 만난 느낌이었어요. 어떻게 그런 생각이 들었는지는 잘 모르겠지만 말이에요."
부드러운 표정으로 말하는 에이미의 얼굴에 살짝 진짜로 부끄러워하는 표정이 떠올라 있었다.

한서영이 눈을 깜박였다.

에이미 레이얼은 한서영보다 일곱 살이나 나이가 많은 여자였다.

그런데 지금의 에이미 레이얼은 한서영에게는 여동생인 한유진보다 더 나이가 적은 동생처럼 느껴졌다.

"한국에 가보고 싶으세요?"

한서영이 반짝이는 시선으로 에이미를 바라보며 물었다.

에이미가 약간 상기된 시선으로 한서영을 마주보며 머리를 끄덕였다.

"그러고 싶어요. 두 분이 살고 계시는 나라가 어떤 곳인지 보고 싶다는 생각이 들어요. 그리고……."

에이미가 한서영과 김동하를 번갈아 바라보다 말을 이었다.

"두 분의 옆은 이 세상에서 그 어떤 곳보다도 안전할 것이라는 생각이 들었어요."

한서영이 생긋 웃었다.

그건 에이미의 말이 틀림없을 것이라는 생각이 들었다.

옆에 김동하가 함께 있다면 이 세상에서 그 무엇도 자신

을 위험하게 만들 것은 없다는 생각은 한서영도 진작 했기 때문이다.

한서영이 머리를 끄덕였다.

"에이미 언니가 한국에 오신다면 언제든 환영이에요. 아마 좋은 추억을 많이 만들 수 있을 거예요."

한서영의 말에 에이미가 하얀 이를 드러내며 웃었다.

레이얼 가문의 사람이라면 지금 에이미 레이얼의 입가에 떠오른 이 미소가 얼마나 놀라운 일인지 너무나 잘 알 것이다.

오래전부터 에이미 레이얼은 잘 웃지 않는 여인이 되어 있었다.

아버지인 토마스 레이얼 회장의 투병으로 인해서 아예 에이밀의 얼굴에서 미소가 사라져버렸다.

텔레비전에서 방영되는 코미디언의 농담에도 실소조차 짓지 않았다.

모든 사람이 포복절도를 할 만큼 우스운 상황이 벌어져도 에이미만큼은 보는 사람들이 무안해 질 정도로 반응이 없었다.

마치 비운의 운명을 타고난 여인처럼 세상의 반응에 무감각해진 것이다.

그때였다.

"호호, 에이미가 저렇게 웃은 것을 보는 것은 정말 오랜만이에요."

저택의 2층에서 토마스 레이얼 회장의 손을 잡은 안젤리나 부인이 계단을 밟고 내려오며 환한 표정을 비었다.

토마스 레이얼도 맑은 웃음소리를 흘렸다.

"하하 정말 그렇군. 에이미가 웃는 것을 보는 것은 나도 참 오랜만이야. 어렸을 땐 잘 웃었는데 언제부턴가 잘 웃지를 않아서 조금 안타까웠는데, 저렇게 웃는 모습을 보니 기분이 묘하군 그래 하하하."

토마스 레이얼의 웃음소리에 환한 미소를 머금고 있던 에이미의 얼굴이 발갛게 달아올랐다.

한서영과 김동하가 자리에서 벌떡 일어섰다.

부인 안젤리나와 손을 꼭 잡은 토마스 레이얼 회장이 두 사람의 앞으로 천천히 다가왔다.

한서영과 김동하를 바라보는 토마스 레이얼의 얼굴에는 너무나 부드러운 미소가 떠올라 있었다.

토마스 레이얼이 김동하를 보며 정중하게 이마를 숙였다.

"죽어가던 저에게 우리 가족을 다시 만나게 해주신 닥터 김에게 다시 한번 감사드립니다. 저와 우리 가족에게 베풀어 주신 이 은혜를 어떻게 다 갚아야 할지 모르겠습니다."

토마스 레이얼의 목소리에는 진심이 가득 담겨 있었다.

그로서는 이렇게 다시 살아난 것이 여전히 꿈만 같았고

이렇게 아내와 딸을 다시 볼 수 있다는 것에 진심으로 감격하고 있었다.

김동하가 부드러운 시선으로 토마스 레이얼을 바라보며 입을 열었다.

"도움이 되었다면 다행입니다."

토마스 레이얼이 상기된 얼굴로 김동하를 바라보았다.

"닥터김이 저에게 다시 베풀어 주신 이 생명을 난 하루라도 허투루 살진 않을 겁니다."

안젤리나가 끼어들었다.

"저도 마찬가지예요. 토마스를 저에게 다시 돌려주신 두 분의 은혜를 어떻게 갚아야 할지 모르겠어요."

한서영이 웃으면서 입을 열었다.

"회장님과 부인의 그 애절하고 간절했던 부부애가 운명처럼 이 사람과 저를 회장님의 곁으로 불렀을 거예요. 이 사람이 가진 능력이 아무리 초월적인 것이라고 해도 받을 수 없는 운명을 가진 사람이라면 결코 이렇게 인연이 이어지지는 않았을 테니까요."

한서영의 말에 토마스 레이얼이 김동하를 바라보며 다시금 정중하게 인사를 했다.

"저와 안젤리나 그리고 내 딸 에이미에게 닥터김은 신입니다."

계측기 분야에서는 이미 더 오를 수 없을 정도로 세계적인 기업인 레이얼 시스템의 총수인 토마스 레이얼 회장이 한국의 한 젊은이에게 더할 수 없을 정도로 예의를 보이고 있었다.

김동하가 마주 인사를 했다.

지켜보고 있던 안젤리나가 물었다.

"두 분을 처음 보았을 때부터 물어보고 싶었던 것이 있는데 대답해 주시겠어요?"

한서영이 눈을 깜박이며 대답했다.

"뭔가요?"

"두 분은 혹시 부부 사이신가요?"

안젤리나는 한시도 옆에서 떨어지지 않고 함께 붙어 있는 김동하와 한서영의 관계를 처음부터 물어보고 싶었다.

하지만 행여 그것이 두 사람에게 실례가 될 수도 있다는 생각에 지금까지 참고 있었다.

한서영의 얼굴이 살짝 붉어졌다.

그때 김동하가 먼저 대답했다.

"그렇습니다. 곧 저와 혼약을 할 사람입니다. 그러니 이미 부부라고 해도 틀리지 않습니다."

"아!"

"아!"

두 개의 탄성이 흘러나왔다.

하나는 역시 자신의 짐작이 맞았다는 안젤리나의 탄성이

었고 하나는 진심으로 부러워하는 에이미 레이얼의 탄성이었다.

에이미는 한서영과 김동하가 참으로 잘 어울리는 부부라고 생각하고 있었다.

하늘이 운명으로 정해준 천생배필이라는 말이 두 사람보다 잘 어울리는 부부는 없을 것이라고 생각했던 에이미였다.

그때 주방에서 다시 은쟁반에 찻잔을 올려 거실로 나오던 피터 에반스 집사가 거실로 내려와 있는 토마스 레이얼 회장과 안젤리나 부인을 보며 멈칫했다.

동시에 거실을 울리는 벨소리가 들렸다.

딩동—

햇살이 완전히 저물어가는 시간이었기에 저택을 방문할 사람은 없을 것이다.

또한 토마스 레이얼 회장이 완치가 되어 회복했다는 것을 주변에 알린 적이 없었기에 찾아올 사람도 없었다.

에이미가 저택의 한쪽 벽에 설치된 저택정문을 비추는 모니터로 향하려다 먼저 모니터 쪽으로 향하는 피터 에반스 집사를 발견하고 자리에 다시 앉았다.

은쟁반을 한쪽에 내려놓은 피터 에반스가 저택의 입구를 비추고 있는 모니터를 확인했다.

모니터에는 토마스 레이얼 회장의 결정으로 당분간 레이

얼 시스템의 임시회장으로 선임된 데니얼 엘트먼이 서 있었다.

데니얼 엘트먼의 뒤쪽으로 몇 명의 양복차림의 사내들이 함께 서 있는 것이 보였다.

"엘트먼 이사님, 아니 이젠 회장대행이라고 불러야 하겠군요."

피터 에반스가 놀란 듯 눈을 껌벅였다.

모니터 옆에 달린 스피커를 통해 데니얼 엘트먼의 목소리가 흘러나왔다.

—하하 에반스 집사님! 문 좀 열어 주셔야 할 것 같습니다. 회장님의 지시로 다시 회사로 복직시킨 임원들이 회장님을 직접 뵈어야 한다고 고집을 피우셔서 어쩔 수 없이 모셔왔습니다.

데니얼 엘트먼의 말에 피터 에반스가 흰 이를 드러내며 웃었다.

"하하 그런가요?"

다시 회복한 토마스 레이얼 회장의 지시로 동생인 로빈 레이얼 부회장이 해임한 임원들을 모두 복직시킨 데니얼 엘트먼이었다.

임원들뿐만 아니라 로빈 레이얼 부회장의 입김이 조금이라도 들어간 부분이 있다면 그것이 어떤 상황이라고 해도 전부 원상태로 복귀하라는 지시를 내린 데니얼 엘트먼이

었다.

로빈 레이얼 부회장과 그의 아들인 듀크 레이얼 구조조정본부장이 오후에 전격적으로 해임되었다는 소식은 레이얼 시스템의 본사를 환호성으로 뒤덮이게 만들었다.

더구나 로빈 레이얼의 회계부정이나 레이얼 시스템의 경영자금운영에 대한 조사를 티끌 하나 놓치지 말고 밝혀내라는 데니얼 엘트먼의 지시에 레이얼 시스템의 감사실에서는 환호성과 함께 울음까지 터졌다는 소식까지 들렸다.

토마스 레이얼 회장의 타계소식이 들리는 순간 레이얼 시스템의 차기 경영권자로서의 권한을 발휘하여 레이얼 시스템을 공개매각 할 것이라는 정보는 이미 레이얼 시스템의 말단 직원들까지 모두 알고 있었다.

이미 레이얼 시스템의 공개매각에 참여할 해외 기업체들도 구체적으로 입방아에 올랐다.

레이얼 시스템이 매각되는 순간 그들은 한순간에 수십년 동안 일해 왔던 일터에서 떠나야 한다고 생각하고 있었다.

그 때문에 지금까지 버텨오고 있었던 레이얼 시스템의 운영진들이나 연구팀을 비롯해서 말단 영업팀까지 일을 계속할 것인지 회의감을 느끼면서 일에 의욕을 잃고 있던 상황이었다.

하지만 데니얼 엘트먼 이사가 해외출장에서 돌아오면서

뒤바뀐 상황은 모든 것을 체념하고 있었던 레이얼 시스템의 전 임직원들에게는 그야말로 엄청난 반전이었다.

투병 중이던 토마스 레이얼 회장이 완전히 회복했다는 소식과 함께 레이얼 시스템의 파멸을 주도했던 로빈 레이얼 부회장과 그의 아들 듀크 레이얼 구조조정본부장이 해임되었다.

그리고 어떻게 된 영문인지 레이얼 시스템의 전권을 데니얼 엘트먼 이사가 틀어쥔 것은 그야말로 신의 한수였다.

로빈 레이얼 회장의 전횡으로 해임된 레이얼 시스템의 모든 임원들에게 전원 다시 회사로 복귀하라는 소식이 전달되었다.

또한 지금까지의 로빈 레이얼 부회장에 관한 비리를 샅샅이 조사하라는 지시가 감사팀에게 떨어졌다.

그것은 레이얼 시스템이 다시 부활한다는 의미로 남아 있던 사람들에게 희망을 안겨주었다.

그리고 임시회장으로 임명된 데니얼 엘트먼의 지시로 득달같이 회사로 달려온 해임된 임원들은 토마스 레이얼 회장이 완전히 회복했다는 소식을 전해 듣고 데니얼 엘트먼을 졸라 이렇게 저택으로 달려오게 된 것이다.

데니얼 엘트먼의 목소리가 다시 들렸다.

—어서 문을 열어요. 에반스 집사님, 복직한 임원들께서 오늘밤 당장 자신들의 눈으로 직접 회장님을 뵙기 전에는

절대로 돌아가지 않을 것이니 말입니다. 그리고 제가 모셔 온 그분들과 관련해서 저 역시 회장님께 긴히 드릴 말씀도 있습니다. 하하하.

데니얼 엘트먼이 말하는 그분들이 누구를 가리키는 것인지 단번에 깨달은 피터 에반스였다.

피터 에반스가 머리를 끄덕였다.

"알겠습니다. 마침 회장님께서 거실에 계시니 뵙기 편할 것 같군요."

피터 에반스의 목소리도 밝았다.

지잉—

철컹.

피터 에반스 집사가 모니터 옆의 버튼을 누르자 저택의 정문을 잠금이 풀렸다.

문을 열어준 피터 에반스 집사가 몸을 돌렸다.

그가 빠르게 거실의 소파에 앉아서 김동하와 한서영과 함께 밝은 표정으로 대화를 나누고 있는 토마스 레이얼 회장에게 걸어갔다.

토마스 레이얼은 예전과는 달리 자신처럼 젊은 모습으로 변해 있는 피터 에반스를 보며 이를 드러내고 웃었다.

"피터. 하하 확실히 젊어졌군 그래."

토마스 레이얼은 자신의 친구이자 저택의 집사인 피터 에반스가 자신처럼 젊어진 것을 무척 기뻐했다.

피터 에반스가 웃으면서 입을 열었다.

"지금 상태라면 30년 전처럼 토마스 회장님과 공놀이도 할 수 있을 것 같습니다."

"하하 그래?"

두 사람은 30년 전에 저택의 앞마당에서 야구글러브를 끼고 함께 공을 주고받았던 추억을 소중하게 간직하고 있었다.

토마스 레이얼이 입을 열었다.

"그 창고에 우리가 가지고 놀던 글러브와 공이 있는지 모르겠군."

"잘 찾아보지요. 누구도 건드리지 않았을 테니 아마 잘 보관되어 있을 겁니다. 먼지가 좀 끼었을지는 모르겠지만 말입니다."

그때 에이미 레이얼이 아까 전 울린 벨소리와 관련해 물었다.

"피터 아저씨, 근데 누구예요?"

피터 에반스가 웃으면서 입을 열었다.

"데니얼 엘트먼 이사였습니다. 로빈 부회장님이 해임시킨 임원들에게 복직명령을 내렸는데 그분들이 회장님이 이렇게 회복하신 것을 직접 뵙고 싶다고 해서 모시고 왔다고 하더군요."

듣고 있던 토마스 레이얼이 눈을 껌벅였다.

"허허 나중에 천천히 보면 될 것인데……."

토마스 레이얼은 해임된 임원들이 이렇게 빨리 자신을 찾아올 것이라곤 예상하지 못했다.

그때 피터 에반스가 부드러운 시선으로 김동하와 한서영을 바라보며 다시 입을 열었다.

"그리고 엘트먼 이사님께서 여기 두 분에 관해서 회장님께 긴히 드려야 할 이야기가 있다고 했습니다."

김동하와 한서영에 대한 이야기가 나오자 토마스 레이얼의 표정이 밝아졌다.

"그, 그래? 어서 들어오라고 하게."

토마스 레이얼 회장의 말에 피터 에반스 집사가 웃었다.

"하하 이미 정문을 개방했습니다. 회장님."

그것이 신호인 것처럼 저택의 본관 앞에 여러 대의 차들이 멈춰서는 소리가 들려왔다.

레이얼가의 저택은 본관과 별관으로 나뉘고 별관에는 저택에 근무하는 정원사, 관리사, 운전사 등 저택에서 근무하는 사람들이 사용하고 있었다.

토마스 레이얼 회장이 혈액암 진단을 받고 저택에서 치료를 하는 동안 대부분의 저택에서 일하던 가솔들은 저택을 떠났기에 별관은 대부분 비워져 있었다.

하지만 이제 저택을 떠났던 사람들이 다시 돌아오게 되면 썰렁하고 한적하던 저택은 다시 활기를 찾게 될 것이다.

그리고 그것은 새로운 인생을 얻게 된 피터 에반스 집사가 주도할 것이었다.

피터 에반스가 저택의 본관에서 문을 두드리는 소리가 들리기 전에 먼저 현관 쪽으로 향했다.

토마스 레이얼이 김동하와 한서영을 보며 웃는 얼굴로 입을 열었다.

"내가 다시 살아났다고 하니 예전의 직원들이 나를 만나려고 찾아온 모양입니다. 두 분을 편하게 쉬게 해드리고 싶지만 옛 직원들을 만나는 시간이 그렇게 길지는 않을 것이니 잠시만 양해해 주시길 바랍니다. 귀찮으시다면 두 분을 안젤리나와 에이미가 따로 모시도록 하겠습니다."

안젤리나가 대답했다.

"그게 좋겠어요. 두 분은 나와 에이미가 따로 모시는 것이 좋겠어요. 아마 당신을 만나면 회사일로 떠들썩할 것이니 그건 여기 두 분께서 지루해 할 거예요."

"맞아요."

에이미 역시 같은 생각이었다.

안젤리나가 김동하와 한서영을 보며 입을 열었다.

"여긴 당분간 시끄러울 것 같으니 차라리 우리는 다른 곳으로 가는 것이 어떨까요?"

김동하가 담담한 얼굴로 대답했다.

"저희들 때문이라면 굳이 그러실 필요는 없습니다."

"저희들은 상관없어요."

김동하와 한서영은 레이얼 시스템의 임원들을 만나는 것이 그렇게 부담스럽지 않았다.

하지만 안젤리나와 에이미 레이얼은 김동하와 한서영을 번거롭게 하는 것이 무척 실례라고 생각했다.

에이미가 한서영의 팔을 잡았다.

"아마 아빠의 회사 사람들이 오면 꽤 소란스러워질 거예요. 그러니 우리는 조용한 곳으로 가요."

안젤리나와 에이미의 재촉에 김동하와 한서영이 자리에서 일어섰다.

둘은 김동하와 한서영을 처음 만났던 저택의 안쪽 접객실로 이끌었다.

접객실은 거실보다는 자리가 조금 좁았지만 더욱 가까이에서 대화를 할 수 있는 구조였다.

때문에 그곳이 더 친밀감을 느낄 수가 있었다.

김동하와 한서영은 두 모녀를 따라 접객실로 사라졌다.

잠시 후 토마스 레이얼 회장이 투병을 하는 동안 묘한 적막감과 암울한 절망감이 흘렀던 레이얼가의 저택에 모처럼 밝은 분위기로 채워졌다.

그리고 그 첫마디는 하나같이 탄성으로 일관되었다.

"엇! 회, 회장님의 얼굴이 어떻게……."

"이게 어떻게 된 일입니까?"

"세상에……."

레이얼 시스템의 해직된 임원들의 입에서 흘러나오는 탄성은 너무나 젊어진 모습의 토마스 레이얼 회장과 재회하는 것에 대한 탄성이었다.

그리고 이내 그것은 기묘한 열기로 변했다.

"어머나! 그게 정말이에요?"

레이얼가의 본채 접객실에서 안젤리나의 탄성이 흘러나왔다.

안젤리나가 놀란 얼굴로 한서영을 바라보았다.

한서영이 웃으면서 대답했다.

"그것 때문에 엘트먼 이사님과 만나게 되었어요."

한서영의 대답을 들은 안젤리나의 얼굴이 발갛게 상기되었다.

"어떻게 그럴 수가……."

안젤리나는 자신의 남편이 다시 살아나게 된 계기가 남편의 회사인 레이얼 시스템과 이어져 있었다는 것이 믿어지지 않았다.

한서영이 웃었다.

"저의 아빠와 엘트먼 이사님이 만나지 못했다면 우리 역시 엘트먼 이사님과 만나지 못했을 것은 당연해요. 하지만 우리 아빠의 사무실이 레이얼 시스템의 아시아지역의 서비스를 담당하는 곳이었고 그 때문에 엘트먼 이사님을 만날 수 있었죠. 또한 엘트먼 이사님을 통해 토마스 회장님의 상황도 알 수가 있었고요."

"세상에……."

안젤리나의 입에서 또다시 자신도 모르게 탄성이 흘러나왔다.

에이미 역시 놀란 얼굴로 한서영의 얼굴을 빤히 바라보고 있었다.

안젤리나는 남편이 운영하고 있는 레이얼 시스템의 회사 현황 따위는 말 그대로 단 한 개도 모른다.

레이얼 시스템의 본사를 찾아가 본 적도 지금까지 남편과 살아온 삼십여 년의 긴 세월동안 손가락에 꼽을 정도로 그 횟수가 드물었다.

그런 상황에서 먼 이국인 동양의 한국이라는 나라와 남편의 회사가 이어져 있었다는 것이 참으로 신기하고 기막힌 행운이라고 생각했다.

안젤리나는 눈을 반짝이며 접객실의 문을 바라보았다.

지금 거실에서 다시 회사로 복직한 임원들과 만나고 있을 남편 토마스가 이 사실을 알게 된다면 어떤 반응을 보일 것인지 궁금해진 것이다.

"뭐라고? 그게 사실인가?"

토마스 레이얼 회장이 두 눈을 치켜뜬 채 데니얼 엘트먼을 바라보았다.

얼마 전까지 이곳에 누워서 천천히 죽음을 기다리고 있었던 저택의 거실 한쪽에 마련된 넓은 방안이었다.

토마스 레이얼이 혈액암 투병을 시작하며 병실로 바뀌었지만 예전에는 토마스 레이얼이 시스템 장비를 설계하고 연구를 하던 연구실로 사용하던 방이었다.

얼마 전까지 이곳이 병실이었다는 것을 증명하듯 방의 한쪽에는 아직도 토마스 레이얼이 투병을 하며 몸을 스캔하던 의료장비들이 놓여 있었다.

토마스 레이얼에게는 그야말로 악몽 같던 약품의 냄새까지 희미하게 느껴지는 방이었다.

아프기 전에 이곳은 토마스 레이얼이 가장 오랜 시간 머물렀던 공간이었다.

아직도 벽의 한쪽에는 그가 들춰보던 각종 자료들과 서적들이 빼곡하게 채워져 있었고 장비를 실험하던 계측기들이 놓여 있었다.

하지만 지금 이 방은 전혀 다른 상황으로 변해 있었다.

토마스 레이얼이 누워 있던 침대는 치워졌고 그곳에는 넓은 테이블과 정원을 내려다볼 수 있는 편한 의자가 놓여 있었다.

이곳이 병실로 바뀌기 전의 모습으로 되돌아간 것이다.

연구에 지친 토마스 레이얼이 간혹 지금 놓인 의자에 앉아 차를 마시며 한가한 여유를 즐기던 그때 그대로였다.

토마스 레이얼이 병세를 털고 완전히 회복하자 저택의 집사인 피터 에반스가 친구이자 저택의 가주인 토마스 레이얼이 임종을 기다리며 누워 있던 끔찍한 침대를 아예 창고에 집어 넣어버린 것이다.

그리고 지금의 모습으로 다시 되돌려 놓았다.

그것은 새로운 인생을 살게 될 토마스 레이얼이 끔찍했던 기억을 회상하는 것이 너무 싫을 것이라고 생각한 피터 에반스의 배려였다.

그 때문에 지금 이곳은 토마스 레이얼에겐 너무나 편한 방으로 변해 있었다.

지금 두 사람이 새롭게 변한 방안에서 마주보고 앉아 있었다.

열린 창문으로 살랑대는 바람이 스며들었다.

이 방안에서 토마스 레이얼은 너무나 놀라운 소식을 전해 들었다.

토마스 레이얼 회장의 얼굴이 딱딱하게 굳어 있었다.

데니얼 엘트먼이 빙긋 웃으며 머리를 끄덕였다.

"틀림없습니다. 회장님."

"허어~ 이런 일이 있나?"

토마스 레이얼은 데니얼 엘트먼이 전해준 말을 믿을 수

가 없다는 듯이 눈을 껌벅였다.

데니얼 엘트먼이 부드러운 표정으로 입을 열었다.

"닥터한의 아버님이 우리 레이얼 시스템의 아시아지역의 서비스를 담당하는 회사를 운영하고 계십니다. 회장님께서도 아시다시피 우리 레이얼 시스템의 서비스팀만으로는 아시아지역까지 커버할 수 없었기에 한국의 서진무역과 서비스 협약을 맺었죠. 그리고 그 서진무역의 대표가 바로 회장님을 다시 살려내신 닥터김의 장인이자 닥터한의 아버님이시지요."

토마스 레이얼 회장이 눈을 껌벅였다.

"나사와 채결하기로 약속했던 계약이 성사된다면 레이얼 시스템의 사세를 확장하고 더불어 미진했던 아시아지역의 영업망과 서비스망을 더 확충하려고 했는데. 이런 일이 생기다니 참으로 기가 막히는군 그래."

데니얼 엘트먼이 웃었다.

"하하, 어쩌면 이 모든 것이 회장님께서 저분들과 인연을 맺으라는 하늘의 계시인 것 같습니다. 그렇지 않아도 아시아지역의 초정밀 시스템 계측분야에서는 일본의 구와정밀과 하치네 제작소의 영향력이 상당해서 우리로서는 비교적 열세에 몰려 있었는데. 새로 아시아지역의 영업망이 확충되고 보충된다면 우리 레이얼 시스템의 아시아지역 영향력도 높아질 것입니다. 또한 이번 중국과 어쩔 수 없이 적자를 감수하고 맺은 시스템 계측장비 납품건과 같은 일은 두 번 다시 반복되지 않을 것이고요."

데니얼 엘트먼의 말에 토마스 레이얼이 이를 악물었다.

"그 비열한 놈 때문에 내가 지금까지 이루어 왔던 모든 것을 잃을 뻔했어."

토마스 레이얼의 얼굴에 노기가 떠올랐다.

자신이 혈액암 판정을 받고 회사를 떠나 투병을 시작하자 야심과 욕심으로 가득했던 친동생 로빈 레이얼이 부회장이라는 직분을 이용해 레이얼 시스템을 공개매각하려 했다.

그 때문에 데니얼 엘트먼은 중국과의 장비납품에 관한 계약을 적자계약임에도 어쩔 수 없이 진행해 왔던 것이다.

중국은 레이얼 시스템의 장비와 그에 관한 서비스를 혈액암으로 투병중인 토마스 레이얼 회장이 사망하게 되면 레이얼 시스템이 공개 매각될 것이라는 소문이 돌고 있는 것을 이유로 대금인하를 압박했다.

그것은 어쩔 수 없는 일이었다.

곧 사라질 회사인 레이얼 시스템에서 공급하는 계측 장비의 성능이나 품질을 믿을 수 없다는 것이 중국 측 반응이었다.

그에 관한 후속서비스도 믿지 못한다는 것은 너무나 당연했다.

중국 측과의 비즈니스협상을 책임지고 있던 레이얼 시스템의 아시아담당 이사인 데니얼 엘트먼으로서는 중국 측이 제시한 조건을 거부할 수가 없었다.

중국 측과의 비즈니스는 토마스 레이얼 회장이 혈액암 판정을 받기 이전부터 진행해 왔던 비즈니스였다.

회장이 혈액암으로 쓰러진 상황에서 중국 측과의 비즈니스가 무산된다면 그 책임은 아시아 담당이사인 데니얼 엘트먼이 모두 책임지게 된다.

그리고 토마스 레이얼 회장의 후임으로 레이얼 시스템의 전권을 행사하던 로빈 레이얼 부회장이 그것을 절대로 묵과하지 않을 것은 뻔했다.

중국과의 비즈니스가 실패한다면 레이얼 시스템으로서는 수십억 달러의 손실을 감내해야 한다.

그에 관한 모든 책임은 아시아지역의 비즈니스를 책임진 데니얼 엘트먼에게 돌아올 것은 당연했다.

데니얼 엘트먼은 중국과의 내키지 않는 비즈니스에서 마지막으로 레이얼 시스템을 창업한 토마스 레이얼 회장을 돕기 위해 어쩔 수 없는 선택을 해야만 했다.

그리고 그것이 자신이 레이얼 시스템을 떠나기 전에 토마스 레이얼 회장과 레이얼 시스템을 위한 마지막 선택이라고 생각했기에 엄청난 손해를 감수하고도 어쩔 수 없이 중국 측과의 계약을 마무리한 것이다.

하지만 지금은 상황이 달라졌다.

엄청난 손해를 감수해야 했던 중국 측과의 비즈니스는 이미 엎질러진 물이기에 어쩔 수 없었지만 새롭게 재출범하게 될 레이얼 시스템은 이제 상황이 달라질 것이다.

데니얼 엘트먼 역시 살짝 화가 난 얼굴로 입을 열었다.

"이번 중국 측과의 비즈니스에서 말도 안 되는 황당한 상황에서도 어쩔 수 없이 계속 협상을 진행한 것이 아쉽습니다. 조금만 더 빨리 닥터김과 닥터한을 만났다면 중국 측과의 굴욕적인 납품계약은 하지 않았을 테니 말입니다."

데니얼 엘트먼의 얼굴이 살짝 일그러졌다.

그의 머릿속에 중국에서 어쩔 수 없이 계약을 해야 했던 상황이 다시 떠오른 것이다.

토마스 레이얼 회장이 데니얼 엘트먼을 보며 물었다.

"우리 레이얼 시스템의 아시아지역 서비스 계약을 한 닥터한의 부친께서 운영하시는 서진무역이라는 곳의 규모는 어떤가?"

데니얼 엘트먼이 약간 쑥스러운 얼굴로 입을 열었다.

"서진무역과 우리 레이얼 시스템과의 비즈니스 규모는 평균 연 50만불에서 100만불 이하의 규모입니다 회장님."

"고작 그 정도뿐이었나?"

토마스 레이얼은 서진무역과의 거래규모가 너무나 작다

는 것에 다시 놀랐다.

"서진무역에서 우리 레이얼 시스템에 납품을 요청하는 시스템 계측기의 규모가 작은 탓도 있었지만 실질적으로 큰 규모의 거래는 우리 레이얼 시스템 본사 영업팀에서 서진무역을 거치지 않고 단독으로 진행한 탓도 있습니다. 다만 그것을 관리해 주는 서비스 용역을 서진무역에서 대행하고 있었기에 그 정도의 거래실적만 진행되고 있었습니다."

데니얼 엘트먼의 얼굴에 미안해하는 표정이 떠올랐다.

레이얼 시스템에서 진행하는 거래에는 큰 규모일 경우 수천만불에서 억대의 최대형 거래규모까지 있었다.

100만불 이상의 자금이 소요되는 경우라면 상대적으로 규모가 작은 영세업체인 서진무역에 대행을 맡기는 것은 불안했던 것이 사실이었다.

한국을 비롯해 일본과 중국에서 레이얼 시스템과의 비즈니스 오더가 들어올 경우 100만불 이상의 거래규모라면 레이얼 시스템에서 서진무역을 통하지 않고 직접 발주처와 협상을 진행해 왔던 것이 지금까지의 관행이었다.

토마스 레이얼의 미간이 좁혀졌다.

"허어~ 아무리 그렇다고 해도 우리 레이얼 시스템과의 거래실적이 연 100만불도 되지 않는 곳이라니 내가 오히려 민망해지는군."

토마스 레이얼 회장이 머리를 들어 데니얼 엘트먼을 바라보았다.

"서진무역과 우리 레이얼 시스템이 서비스 대행협약을 맺었다고 했지?"

"예! 아시아 지역 담당서비스는 한국의 서진무역에서 진행하고 있습니다."

"그럼 그 서비스의 대행비는 어떻게 지출하나?"

데니얼 엘트먼이 대답했다.

"서진무역에서 제출하는 서비스 진행 자료를 토대로 건당 대행비를 지급하고 있습니다."

"규모는?"

"작게는 수천불에서 많게는 몇 만불의 수준이지요. 대체적으로 10만불 이상 지급된 적은 없습니다."

순간 토마스 레이얼의 눈이 커졌다.

"수천불에서 몇 만불?"

토마스 레이얼은 레이얼 시스템에서 서비스 대행계약을 맺은 기업에 너무나 적은 액수의 비용이 지급된다는 것에 놀랐다.

데니얼 엘트먼이 입을 열었다.

"서비스 대행에 관한 건당 수수료 지급은 오래전 로빈 부회장님의 건의로 회장님께서 결재하신 사항입니다."

"뭐라고?"

토마스 레이얼 회장의 눈이 껌벅였다.

그의 머릿속에 아득한 예전의 일이 희미하게 떠오르고 있었다.

레이얼 시스템이 분광계측기의 신제품을 개발해서 전 세계로 판매망을 넓혀갈 때 로빈 레이얼 부회장이 수익금에 비해 불필요하게 외부로 지급되는 금액이 많다는 것을 알아냈다.

로빈 레이얼은 서비스 대행기업에 지급할 서비스대행료를 일괄대금에서 건별 대행비로 축소할 것을 요구했고, 동생의 건의가 별로 중요하지 않은 내용이라고 판단한 토마스 레이얼 회장이 인가해 준 기억이었다.

"아! 그랬지."

데니얼 엘트먼이 입을 열었다.

"그때 이후 지금까지 모든 서비스에 관한 대금은 레이얼 시스템의 본사 총무팀 대외자금담당부에서 각국의 서비스 용역업체의 보고서를 취합하여 매월 말에 건당으로 지급되고 있습니다. 한국의 서진무역도 마찬가지였고요."

"허허 그럴 수가 있나?"

토마스 레이얼은 자신은 까맣게 잊고 있었던 일이 누군가에게는 혹독한 조건일 수도 있었다는 것을 실감했다.

예전에는 서비스를 대행할 계약을 맺을 경우 계약금과 더불어 매분기 일정한 금액을 고정적으로 지출하도록 되어 있었다.

즉 계약금 50만불에 각 분기별로 계약내용에 따라 50만불이든 100만불이든 고정적으로 지급했다.

그런데 로빈 레이얼이 그것이 무의미한 지출이라고 판단해서 형의 동의를 얻어 건당 지급으로 바꾸어 버린 것이다.

그리고 정작 회장이었던 토마스 레이얼은 그것이 어떤 의미인지 깊게 생각하지 않고 동생의 건의에 집행결재를 눌러버렸다.

토마스 레이얼이 이를 악물었다.

"그놈이 끝까지 내 발목을 잡는군 그래."

지금에 와서 그것이 참으로 오만한 계약이었다는 것을 절감한 토마스 레이얼이었다.

만약 동생의 건의를 받아들이지 않았다면 지금 자신에게 새로운 생명을 돌려준 은인의 부모와 참으로 고마운 인연을 맺을 수 있었을 것이다.

토마스 레이얼이 머리를 들어 데니얼 엘트먼을 바라보았다.

"데니얼."

"예, 회장님."

"지금부터라도 서진무역과의 서비스 대행에 관한 계약조건을 바꿔야 할 것 같아."

"예?"

데니얼 엘트먼이 놀란 듯 눈을 껌벅였다.

토마스 레이얼이 결심한 듯 데니얼 엘트먼의 얼굴을 빤히 바라보았다.

"한국의 서진무역과 거래규모를 천만불 이상으로 늘려야 할 거야. 그리고 단계적으로 우리 레이얼 시스템의 아시아지역의 비즈니스는 모두 서진무역을 통해 진행하도록 하게. 2년 안에 레이얼 시스템의 본사 총 비즈니스의 30% 이상의 실적이 서진무역을 통해서 진행되어야 한다는 말이네."

토마스 레이얼 회장의 말에 데니얼 엘트먼의 얼굴이 벌겋게 달아올랐다.

"회, 회장님!"

레이얼 시스템의 일 년 총 거래규모는 작게는 수백억불에서 많게는 천억불이 넘는 경우도 있었다.

전 세계 시스템 계측기 분야에서 초 글로벌 기업으로 레이얼 시스템이 인정받고 있다는 것이 틀린 말이 아니었다.

그 때문에 그런 엄청난 명성을 지닌 레이얼 시스템의 가치를 로빈 레이얼 부회장이 자신의 야심을 위해 매각하려 했던 것이다.

그리고 지금 토마스 레이얼 회장은 한국의 서진무역을 레이얼 시스템의 본사에 버금가는 지사 수준으로 성장시킬 계획이었다.

데니얼 엘트먼이 더듬거리며 입을 열었다.

"하, 하지만 서진무역의 현재 규모라면……."

서진무역의 사무실도 보았고 사무실에서 한서영의 부친인 한종섭 사장과 마주앉아 작은 규모이긴 하지만 비즈니스에 대한 상담도 해보았던 데니얼 엘트먼이었다.

그로서는 자신이 책임진 아시아지역의 비즈니스를 위해 일본이든 중국이든 방문을 했다면, 아시아 지역의 서비스를 책임지고 있는 서진무역을 방문하지 않을 수가 없었다.

그리고 그가 본 서진무역은 비록 신용과 기술은 충분했지만 회사의 규모가 작다는 것이 흠이었다.

그런 서진무역을 레이얼 시스템의 일 년 거래규모의 30% 이상의 규모로 성장시켜야 한다는 토마스 레이얼 회장의 말은 그야말로 엄청나게 황당한 지시였다.

레이얼 시스템의 총 거래규모의 30%라면 최하 일 년에 몇 백억불의 거래규모를 의미했다.

하루 매출이 천불도 되지 않는 몇 백불에 불과한 동네의 작은 마트가 한순간에 하루 매출액이 수천만불에 이르는 거대도시의 빅마켓으로 변하는 격이었다.

"일단 서진무역과의 거래는 차근차근하게……."

데니얼 엘트먼은 토마스 레이얼 회장이 너무 서둔다는 생각이었다.

서진무역과의 거래 규모를 확장한다고 해도 단계별로 거래액수를 늘려가는 것이 가장 편했다.

단계별로 거래규모를 늘려간다고 해도 서진무역으로서는 그야말로 엄청난 발전일 것이다.

토마스 레이얼이 싱긋 웃었다.

"데니얼, 난 지금까지 내가 참으로 은혜를 입었다고 생각했던 사람은 없네. 데니얼 자네나 나와 함께 지금의 레이얼 시스템을 지켜왔던 친구들도 고마운 사람이긴 하지만 내가 은혜를 입었다고 생각하진 않아. 자네도 알다시피 지금의 레이얼 시스템을 이룩하기 위해서 수없이 많은 밤을 이곳에서 연구하고 실험했지만 그건 내 피와 땀과 노력의 결실이라고 생각했지. 그런데 내게는 참으로 원망스러운 결과만 남았어. 후회 없이 살아왔다고 생각했고 한눈팔지 않고 정당하게 살아왔다고 생각했는데 그런 나에게 너무나 참담한 결과를 안겨준 것이 바로 하늘이었어."

"회장님……."

"자네도 알다시피 난 살아날 가능성이 전혀 없었네. 그냥 최선을 다해 살아왔다는 긍지 하나밖에 남지 않은 몸으로 죽어가고 있었단 말이지. 그런데 그런 나와 내 아내 그리고 딸에게 새롭게 다시 살아가게 해준 은인이 날 찾아왔지. 그리고 그제야 비로소 내가 은혜를 입었다는 것을 알게 되었네. 난 나의 은인에게 내가 해줄 수 있는 것은 무엇이든 해주고 싶어."

토마스 레이얼 회장의 말에는 너무나 간절한 진심이 담겨 있었다.

"다행히 참으로 너무나 고마운 인연으로 은인의 가족이 나와 연결되어 있다는 것을 알았어. 그것도 내가 충분히 해줄 수 있는 것으로 말이야. 자네도 알다시피 난 돈에 욕심은 없어. 나의 안젤리나 그리고 에이미가 힘들게 버둥거리지 않고 살아갈 수만 있는 돈이면 충분하단 말이지. 알겠나?"

데니얼 엘트먼은 너무나 간절하게 말하는 토마스 레이얼 회장의 말에 어쩔 수 없이 머리를 숙였다.

"알겠습니다. 회장님."

토마스 레이얼 회장의 지시는 데니얼 엘트먼에게는 그야말로 거역할 수 없는 지시였다.

대학을 갓 졸업한 젊은 시절부터 토마스 레이얼 회장과 함께 지금의 초거대 기업인 레이얼 시스템을 일으켜온 데니얼 엘트먼이었다.

동지며 형제고 가족이라고 할 수밖에 없는 사람의 부탁이었다.

토마스 레이얼이 입을 열었다.

"일단 한국의 서진무역에 통보해서 한국의 서진무역과 레이얼 시스템의 본사와 아시아 지역의 서비스 용역에 관한 계약을 다시 체결하자고 하게. 2년 단위로 계약금은 500만불에 서비스 대행수수료로 연 1,000불씩 지급할 것이라고 말이야. 물론 분기별로 지급되는 것이 아니라 한 번에 모두 지급될 것이라고 계약서를 작성해야 할 거야."

순간 데니얼 엘트먼의 눈이 커졌다.

"계약금 500만불에 서비스 대행 수수료로 1,000만불이라고 하셨습니까?"

너무나 황당한 계약이었다.

만약 이런 조건이 다른 곳에 알려진다면 그야말로 눈에 불을 켜고 악귀처럼 달려들 만큼 충격적인 내용이었다.

토마스 레이얼이 빙그레 웃었다.

"그런 조건이면 우리 레이얼 시스템과 한국의 서진무역의 거래규모가 년 수천만불의 거래규모로 커지는 것은 금방일 것이야. 안 그래?"

"회, 회장님."

데니얼 엘트먼은 머릿속이 텅 비는 느낌이었다.

아마 이 소식을 한종섭 사장이 듣게 된다면 그야말로 하늘에서 돈벼락이 떨어지는 느낌이 들것이라고 생각했다.

토마스 레이얼이 웃는 얼굴로 다시 입을 열었다.

"서진무역이 일 년에 단 한 건도 우리 레이얼 시스템의 서비스를 진행하지 않아도 계약서에 명시된 서비스대행 수수료는 반드시 지급되네. 그리고 이제부터 아시아지역의 모든 비즈니스는 우리와 새롭게 계약을 맺은 서진무역을 통해서 진행할 것이라고 해. 물론 그에 관한 비즈니스 대금도 공정하게 지급되어야 할 테지."

데니얼 엘트먼의 얼굴이 굳어졌다.

방금 전 아시아지역의 모든 비즈니스를 한국이 서진무역을 통해 진행할 것이라는 토마스 레이얼 회장의 말에 문득 한 명의 얼굴이 떠올랐다.

"하, 한국항공."

뜬금없는 한국항공이라는 말에 토마스 레이얼의 얼굴이 굳어졌다.

"그건 또 무슨 말인가?"

데니얼 엘트먼이 다급하게 입을 열었다.

"잠시 잊고 있었던 것이 있었습니다, 회장님."

"그게 뭔가?"

"그게 제가 한국에서 미국으로 돌아올 때 한국의 인천공항에서 벌어진 일입니다."

데니얼 엘트먼은 인천공항에서 한국의 글로벌 항공그룹인 한국항공의 회장 윤태성 회장과 만나게 된 사연을 설명하기 시작했다.

윤태성 회장이 사위와 말다툼을 하다가 쓰러지고 그것을 본 김동하와 한서영이 윤태성 회장을 구해주고 토마스 레이얼 회장을 다시 살려낸 것처럼 천명을 돌려주었다.

그 사연을 그야말로 한순간에 설명했다.

토마스 레이얼은 자신과 같은 엄청난 행운을 얻은 사람이 한국에도 있다는 것을 듣자 눈을 부릅뜨고 데니얼 엘트먼의 말을 듣고 있었다.

"닥터김과 닥터한의 도움으로 다시 살아난 한국항공의 윤태성 회장께서 제가 레이얼 시스템의 이사라는 것을 알게 되자 무척 놀라시더군요. 그때 우연찮게 제가 닥터한의 부친께서 우리 레이얼 시스템의 아시아지역 총괄본부를 운영하고 계신다고 했습니다. 당시 저로서는 닥터한의 부친께서 작은 규모의 우리 레이얼 시스템의 서비스 대행업체를 운영한다고 말씀드리긴 그래서 그렇게 말했지요."

당시 데니얼 엘트먼은 만약 김동하와 한서영이 토마스 레이얼 회장을 살려낸다면 레이얼 시스템의 아시아 쪽 비즈니스에 관한 상당수의 지분이 서진무역에 주어질 것이라고 예측했다.

좀 전에 토마스 레이얼 회장이 언급한 정도의 황당한 지분이 아닌 상당한 규모의 거래규모가 축적될 수도 있다고 판단했고 그것이 틀리지 않을 것이라고 생각했기에 그런 말을 한 것이다.

듣고 있던 토마스 레이얼이 흥미롭다는 듯이 눈을 껌벅였다.

"흠 재미있군 그래."

데니얼 엘트먼이 다시 입을 열었다.

"근데 이번에 돌아와서 회장님께서 회복하시고 난 이후 저는 다시 회사로 복귀해보니 조금 황당한 소문이 돌더군요."

토마스 레이얼 회장이 회복하고 난 이후 로빈 레이얼 부회장과 그의 아들 듀크 레이얼까지 해임되자 그들로 인해 회사를 떠나야 했던 임원들을 다시 복직시기기 위해서 시둘러 회사로 돌아간 데니얼 엘트먼이었다.

당장에 레이얼 시스템의 경영상태를 정상화 시키려면 해임된 임원들의 복직이 필수였다.

그렇기에 다른 일은 접어두고 해임된 임원들에게 복직을 통고한 것이다.

그들을 다시 회사로 불러들이는 과정에서 조금은 황당한 정보까지 덤으로 얻게 되었다.

토마스 레이얼이 눈을 반짝이며 물었다.

"그게 뭔가?"

"로빈 부회장님이 계획했던 우리 레이얼 시스템을 매각하기 위해 접근한 기업이 어딘지 아십니까?"

"……."

또다시 동생 로빈 레이얼에 관한 말이 흘러나오자 토마스 레이얼 회장의 얼굴이 굳어졌다.

데니얼 엘트먼이 입을 열었다.

"로빈 부회장님이 우리 레이얼 시스템을 공개매각하기 위해 인수경합에 끌어들이려 한 곳은 일본의 구와정밀과 하치네 제작소를 비롯하여 독일의 브란츠 정밀, 하켈 시스템 같은 쟁쟁한 우리 경쟁업체들이었습니다."

타악.

듣고 있던 토마스 레이얼이 손으로 테이블을 내리쳤다.

"망할 놈. 이 형이 쌓아올린 레이얼 시스템을 자신의 욕심 때문에 팔아먹으려 하다니."

토마스 레이얼은 도저히 동생인 로빈 레이얼을 용서하고 싶은 생각이 들지 않았다.

아무리 돈에 욕심이 많다고 해도 친형이 피땀을 흘려 일으켜 세운 기업을 자신의 사욕 때문에 매각하려 했다는 것은 용서의 문제가 아니라 인간의 도덕성 문제라고 생각이 들었다.

데니얼 엘트먼이 다시 입을 열었다.

"그중 가장 적극적으로 접근했던 곳이 바로 일본의 구와정밀이었습니다. 구와정밀에서는 구체적으로 로빈 부회장님에게 인수대금의 몇 퍼센트까지 인센티브를 책정해 놓고 있을 정도였지요. 물론 공개적으로 발표될 매각대금을 줄인 금액에서 책정된 인센티브입니다."

토마스 레이얼의 입가에 서늘한 미소가 감돌았다.

데니얼 엘트먼이 말하지 않아도 그것이 어떤 의미인지

너무나 잘 알고 있는 그였다.

레이얼 시스템의 공개매각 대금이 정상적으로 처리된다면 몇 천억불이겠지만 그 액수를 상당히 줄여 발표하고 남은 차액에서 인센티브를 제공하는 것이다.

그렇게 된다면 출처가 드러나지 않는 엄청난 돈이 개인적으로 로빈 레이얼의 수중에 들어가게 될 것은 당연했다.

데니얼 엘트먼의 말이 이어졌다.

"근데 그 구와정밀에서 반드시 우리 레이얼 시스템을 인수할 욕심을 부린 것이 한국 때문이라는 정보가 흘러들어왔습니다."

"뭐?"

데니얼 엘트먼이 살짝 웃었다.

"알아보니 닥터김 때문에 다시 살아난 윤태성 회장의 한국항공에서 한국의 대도시에 신공항을 건설할 계획이고 그 신공항에 들어갈 관제시스템의 장비를 입찰할 곳으로 우리 레이얼 시스템이 선정되어 있다는 것이었습니다. 일본의 구와정밀이나 독일의 브란츠 정밀도 관제시스템을 충분히 제작할 수 있는 곳이지만 상대적으로 우리보다 설비와 운용분야에서는 차이를 보입니다. 다만 우리의 관제시스템이 조금 더 비싼 편이긴 하지만 효율이나 관리측면에서 본다면 굳이 고비용이 발생하지 않는다고 보아야 하겠지요."

"흠."

토마스 레이얼의 눈이 반짝였다.

데니얼 엘트먼이 이를 드러내며 웃었다.

"만약 닥터한의 아버님이 우리 데니얼 시스템의 아시아 지역 비즈니스 단일창구가 된다면 한국항공으로서는 윤태성 회장의 생명의 은인인 닥터한의 아버지이신 서진무역의 사장님과 연결이 되지 않겠습니까?"

데니얼 엘트먼의 말에 토마스 레이얼의 입에서 탄성이 터져 나왔다.

"허허 기가 막히는군. 참으로 기막힌 인연이야."

데니얼 엘트먼이 다시 말을 이었다.

"한국항공의 신공항 건설에 투입될 관제장비의 납품규모만 해도 수천만불에서 수십억달러의 자금이 소요될 것이라고 예상됩니다. 더구나 단계적으로 추가 장비가 납품될 경우 한국의 신공항 프로젝트는 근 10년 이상의 장기 프로젝트가 되겠지요. 만약 서진무역에서 그것을 진행한다면 회장님의 뜻대로 서진무역이 우리 레이얼 시스템의 총 거래규모의 30%의 거래규모를 만드는 것도 어렵지 않은 일일 것입니다."

데니얼 엘트먼의 목소리는 약간 들떠 있었다.

한순간 기막히게 떠올랐던 한국항공과의 인연이 이런 식으로 돌아오게 될 것이라곤 예상하지 못했던 데니얼 엘트먼이었다.

그 모든 것이 김동하와 한서영이 만들어 낸 인연이었다는 것에 데니얼 엘트먼은 그 두 젊은 남녀가 하늘의 안배를 받고 있다는 생각까지 들 정도였다.

토마스 레이얼이 크게 머리를 끄덕였다.

"만약 그 일이 우리 레이얼 시스템에게 주어진다면 모든 비즈니스는 한국의 서진무역을 통해서 진행하도록 하는 것이 좋겠군. 이참에 서진무역과 우리 레이얼 시스템이 함께 공조하는 것도 좋겠지. 그리고 그것이 내가 입은 은혜를 조금이라도 갚을 수 있는 방법이라면 망설일 필요가 없겠지. 그렇지 않나?"

토마스 레이얼 회장이 자신을 바라보자 데니얼 엘터먼이 하얀 이를 드러내며 웃었다.

"알겠습니다. 그럼 한국의 서진무역 사장님과 협의를 해보겠습니다. 그분께서 무척 좋아하실 것입니다 회장님."

토마스 레이얼이 빙그레 웃었다.

그제야 그는 무언가 자신의 마음속에 지워져 있었던 무거운 짐 하나를 벗어내는 느낌이 들었다.

토마스 레이얼이 담담한 목소리로 입을 열었다.

"어떤 인간은 나에게 영원히 지워지지 않을 흉터를 남겨 주었지만 어떤 사람은 내게 새겨져 있던 흉터를 지워주는 은혜를 베풀어 주었어. 뜨거운 피를 가진 인간이라면 과연 누구에게 더 정감을 느끼게 될까?"

낮은 목소리로 말하는 토마스 레이얼 회장의 말끝에는 누군가를 향한 안타까움과 함께 노기가 담겨 있었다.

그때였다.

문밖에서 노크소리가 들려왔다.

똑똑.

"회장님, 엘트먼 이사와 함께 무슨 밀담을 그렇게 오래 하십니까? 어서 나오십시오. 에반스 경이 오랜만에 와인 창고를 개방했습니다. 하하하."

문밖에서 들려오는 목소리는 듀크 레이얼 구조조정본부장으로부터 부당한 해임통보를 받아야 했던 레이얼 시스템 유럽담당 이사인 제임스 크로만이었다.

제임스 크로만 이사의 목소리는 상당히 들떠 있었다.

토마스 레이얼과 데니얼 엘트먼이 싱긋 웃었다.

"허허 오랜만에 이 저택에 활기가 돌게 되니 피터가 와인 창고를 열었던 모양이군?"

"하하 에반스 경이 매번 창고를 여는 것은 아니지 않습니까? 이참에 저도 에반스 경을 졸라 먹고 싶었던 샤토를 이번에는 꼭 달라고 보채봐야 할 것 같습니다."

데니얼 엘트먼의 말에 토마스 레이얼이 눈을 껌벅였다.

"샤토 무통 로쉴드 1945 말인가?"

샤토 무통 로쉴드 1945란 와인은 세계에서 최고의 와인으로 인정받는 와인이었다.

와인 전문지 디켄터에서 죽기 전에 꼭 마셔보아야 할 와인으로 제 1번의 순서로 선택했던 것으로 너무나 유명해진 와인이었다.

잔에 와인을 따르면 투명한 유리잔의 테두리로 번져오는 검붉은 색은 중세의 마녀의 눈빛처럼 거역하기 힘든 유혹을 건넨다.

데니얼 엘트먼이 빙긋 웃었다.

"회장님께서 달라고 하시면 가져오지 않을까요?"

토마스 레이얼이 머리를 흔들었다.

"그건 절대 안 될 거야. 그 샤토 무통 로쉴드 1945라면 피터가 죽기 전에는 어림없을 것이네. 그건 나와 안젤리나가 결혼 40주년을 맞이하면 그때 개봉한다고 했으니까 말이야."

"쩝. 어쩔 수 없이 회장님과 안젤리나 사모님의 결혼 40주년을 기다려야 할 것 같군요."

"하하, 그래도 혹시 아나? 만약 한국에서 오신 그 두 분께서 와인을 좋아하신다면 완고한 피터도 어쩔 수 없이 내놓을 수도 있으니 말일세."

토마스 레이얼의 얼굴에 부드러운 미소가 떠올라 있었다.

입맛을 다신 두 사람이 이내 방을 빠져나갔다.

방밖에는 와인 잔을 든 레이얼 시스템의 복직된 임원들이 밝은 표정으로 방을 나서는 토마스 레이얼 회장과 데니얼 엘트먼을 바라보고 있었다.

이제 저택의 어디에도 어둡고 삭막한 분위기는 느껴지지 않았다.

오히려 예전보다 더 활기차고 밝은 느낌의 분위기가 감돌았다.

오랜만에 저택을 찾은 손님들을 시중하기 위해서 얼음이 가득 채워진 카트에 와인병을 담은 피터 에반스 집사가 상기된 표정으로 거실을 가로질렀다.

다시 부활한 레이얼 시스템의 총수 토마스 레이얼 회장의 저택은 오랜만에 흥겨운 파티가 벌어지는 느낌이 가득했다.

거래의 조건

오전의 사무실 분위기는 무척이나 분주했다.

약 30평 정도 되는 사무실 안은 전화를 받는 직원들의 목소리와 납품에 대한 문의로 시장바닥 같은 느낌이 들 정도였다.

대부분의 전화는 해외로부터 들어온 정보를 듣고 문의해오는 고객사들과의 서비스 문제로 인한 전화였다.

소문의 발단은 일본으로부터 시작되었고 이어 독일과 영국 그리고 프랑스에서도 같은 소문이 돌고 있다는 것이 확인되었다.

지금까지 꾸준하게 시스템 계측기 분야에서 선두를 달리고 있었던 레이얼 시스템이 일본을 비롯한 독일 영국 프랑스 등 해외 경쟁업체의 한곳과 합병될 것이라는 소문이었다.

그런 상황에 계측기 분야에서는 뚜렷한 진출기업이 없었던 중국까지 막대한 자금력으로 미국의 레이얼 시스템을 인수전에 끼어들었다는 소문까지 돌았다.

또한 레이얼 시스템의 합병이 완료될 때까지 향후 더 이상 레이얼 시스템에서 제품의 출시가 중단될 것이라는 소문까지 더해졌다.

문제가 되는 것은 이미 출시되어 각종 현장에서 사용하고 있는 계측기의 서비스가 중지될 수도 있다는 점이었다.

각종 산업분야와 의료분야까지 폭넓게 퍼져 있는 측정기와 계측기는 그 특성상 상당히 예민하고 정밀한 분야였다.

때문에 서비스가 확보되지 않는다면 계측기를 사용하고 있는 기업이나 단체는 엄청난 경제적 타격을 받을 수도 있었다.

그리고 대한민국의 서진무역은 아시아지역의 레이얼 시스템 서비스 지정 업체로 등록된 곳이었기에 이 소문에 민감하게 대응할 수밖에 없었다.

20명이 채 되지 않는 직원들이 오전 전화업무로 분주하게 움직이고 있는 서진무역의 안쪽에는 한종섭 사장이 사용하는 작은 방이 있었다.

5평이 채 되지 않는 좁은 사장실이었지만 서진무역의 한

종섭 사장에게는 무척이나 중요한 공간이었다.

방안에는 직원들과 회의를 할 수 있는 작은 원탁이 만들어져 있었고 원탁의 주변으로 간이형 의자들이 놓여 있었다.

원탁과 마주 보이는 책상에는 난초가 자라고 있는 화분 한 개가 있었고 한쪽 벽에는 옷을 걸 수 있는 옷걸이가 놓인 특이할 것 없는 평범한 사무실이다.

한 해 매출이 50억이 조금 넘어가는 서진무역은 그나마 레이얼 시스템의 아시아지역 서비스 지정용역을 담당하고 있었기에 회사의 운영자금은 빠듯하게 회전시킬 수 있는 여력이 있었다.

매월 레이얼 시스템의 본사에서 정산되는 서비스 용역의 대금으로 적게는 수만불에서 많을 때는 10만불이 훨씬 넘는 제법 짭짤한 수입금으로 지금의 서진무역이 버텨가고 있는 중이었다.

레이얼 시스템의 본사에서 정산되는 서비스 대금으로 직원들의 월급과 출장비 등 서진무역의 지출금이 정산된다.

이익이 많을 때는 한종섭 사장이 가져가는 배당금이 많지만 어쩔 때는 직원들의 급여만 지급하고 한종섭 본인은 그저 빈손으로 돌아가는 경우도 있다.

그 때문에 어쩔 수 없이 서비스 지정 용역업체로 계약한 레이얼 시스템의 계측기뿐만 아니라 다른 중하급 브랜드 업체의 계측기까지 수리를 대행할 때가 많았다.

그것을 증명하듯 수리가 요청된 계측기의 샘플들이 지금 사무실의 검사실에 산더미처럼 쌓여 있었다.

대부분 손바닥보다 약간 큰 초정밀 전자회로 기판이나 시스템의 중요 센서들을 점검하고 부품점검을 한 뒤에, 수리 후 출력되는 데이터수치를 확인하여 현장에서 다시 재가동 시키는 작업이었다.

중요센서의 경우 계측기를 출시한 브랜드의 본사 서비스팀에 배송요청을 하여 교체하는 작업을 진행한다.

그런 업무에 부딪치면 수리작업은 작게는 수 주 이상이 걸리고 크게는 몇 개월씩 지체되는 경우도 있었다.

그 때문에 어쩔 수없이 교체를 해야 할 센서까지 이곳에서 직접 수리를 하는 경우도 있었다.

그런 경우 같은 서비스 업무를 몇 번이나 반복해야 하는 경우도 생겨 스트레스를 받기도 했다.

일의 특성상 출장이 잦은 업무였고 업무량이 많아 더 많은 인력이 필요한 상황이었다.

그렇지만 현재의 상황에서 신입직원들을 선발하는 것은 서진무역으로서는 무리였다.

현재의 직원들만 해도 한종섭 사장에게 부담이 될 수도 있기 때문이다.

서진무역의 업무는 아무나 할 수 있는 일은 아니었다.

웬만한 고급전자지식이 없다면 힘든 일이라고 할 수 있다.

그렇기에 중소규모의 서진무역의 직원들이 받는 보수는 대기업에서 근무하는 회사원들보다 오히려 더 많았다.

그 때문에 초급자들보다는 나름 다른 업체에서 오랜 경력을 쌓은 경력자들이 대부분이었다.

놓치기 아까운 경력자인 경우 한종섭 사장이 직접 자신보다 더 나은 보수를 약속하고 스카웃하는 일도 있었다.

지금의 서진무역 서비스 총괄책임자 유한선 고문이 대표적인 사람이었다.

유한선 고문의 보수는 서진무역의 한종섭 사장보다 많다는 것을 모르는 서진무역의 직원은 없었다.

하지만 문제파악과 그것을 대처하는 순발력과 기술하나 만큼은 그야말로 초 일류였기에 한종섭은 그 문제에 아무런 불만이 없었다.

또한 대한민국에서 계측기 분야의 기술 하나만큼은 비록 작은 규모이긴 하지만 서진무역을 따라갈 만한 곳이 없다는 소문까지 돌고 있을 정도로 나름 기술력 하나만큼은 인정받고 있었다.

이런 저런 문제를 안고서도 어렵게 서진무역을 이끌어 가고 있는 한종섭 사장의 뚝심과 기술력 덕분이었다.

그리고 직원을 우선하는 한종섭 사장을 믿는 직원들은 서진무역에서 나름 게으름을 피우지 않고 업무에 매진했다.

오전 10시 20분이 넘어가는 시간이었다.

약간 얼굴을 찌푸린 한종섭 사장이 컴퓨터의 메일을 확인하고 있었다.

한종섭에게 도착한 메일은 모두 4개였다.

그중 두 개는 부산의 대형 병원에 납품한 초정밀 계측기의 서비스 점검을 요청하는 메일이었다.

다른 두 개 중 한곳은 인천의 화학공장에 납품한 계측기에서 발췌한 데이터를 통째로 보내와서 계측기에서 측정된 데이터가 잘못되었으니 점검을 요청하는 메일이다.

마지막 하나는 중국에서 보내온 서비스 요청 메일이었기에 이번에는 3팀의 서비스팀을 파견해야 했다.

또한 네 곳 모두 레이얼 시스템의 장비를 사용하고 있었기에 출장을 가지 않을 수도 없었다.

중국의 경우 재출장을 염두에 두어야 하고 까다로운 중국 측의 추가 서비스 요청까지 고려해야 했다.

당장 문제가 된 부분의 서비스뿐만 아니라 그것을 핑계로 다른 분야까지 모두 점검해 달라고 요청하는 것이 중국 측의 습관이었다.

이럴 경우 유한선 고문도 한조의 서비스팀을 꾸려 출장에 나서야 할 것이다.

한종섭이 메일을 확인하고 이마를 찌푸렸다.

"빌어먹을. 신제품 발주요청은 뚝 끊어지고 출장요청만 쏟아지고 있으니 원……."

출장이 확정되면 각 팀별로 먼저 출장비를 선지급 해야 하고 예비비까지 지급해야 한다.

원래는 지급하지 않아도 될 예비비였지만 서진무역의 초창기에 한종섭이 직접 출장을 나간 곳에서 생각보다 출장시간이 길어져서 출장비가 모자라 애를 먹은 것을 떠올려 예비비까지 지급하게 된 것이다.

당연히 예비비는 출장에서 복귀하면 다시 사무실로 반환하는 것이 원칙이었다.

그것만 해도 근 천만 원이 넘어가는 규모였다.

다행히 이번에는 모두 4곳 중 한곳만 외국이었기에 생각보다 출장시간이 덜 걸릴 것이라고 생각했지만 그럼에도 입맛은 쓴 한종섭이었다.

메일을 확인하고 서비스 팀을 어떻게 꾸려야 할지 구상하고 있는 한종섭의 귀에 전화의 벨소리가 들려왔다.

띠리리릿—

띠리리릿—

사무실 전용전화가 아닌 자신의 개인전화였다.

한종섭이 이마를 찌푸리며 책상 위에 올려놓은 자신의 전화기를 바라보았다.

자신의 전화기의 화면에 떠오른 전화번호는 전혀 모르는 낯선 번호였다.

이마를 찌푸린 한종섭이 전화를 받았다.

"여보세요?"

전화를 걸어온 상대가 잠시 말을 꺼내지 못하는 듯 전화기 속에서 침묵이 흘렀다.

한종섭 사장이 약간 짜증난 듯한 목소리로 다시 입을 열었다.

"여보세요? 누구십니까?"

바쁜 시간에 보험이나 3금융권의 대출건과 관련된 전화가 걸려온 것을 몇 번 경험한 후로는 낯선 전화에는 민감하게 반응하는 한종섭이었다.

순간 한종섭의 귀로 굵직한 남자의 목소리가 들렸다.

—서진무역의 한종섭 사장님이십니까?

한종섭의 눈이 껌벅였다.

"예, 제가 서진무역의 한종섭입니다만… 그쪽은 누구십니까?"

한종섭은 상대는 자신을 알고 있지만 자신은 처음 보는 전화번호였기에 저절로 경계심이 생겨나고 있었다.

상대의 목소리가 다시 들렸다.

—예, 여기는 동신그룹 기획조정실이고 저는 동신그룹 기조실의 정인학 대리입니다.

순간 한종섭의 입이 살짝 벌어졌다.

대한민국에서 동신그룹을 모르는 사람은 없었다.

동신그룹은 대한민국 재계서열 10위권에 드는 대기업이다.

현재는 사세확장으로 인해 반도체를 비롯해 첨단 4차 산업에 뛰어들어 향후 대한민국의 재계 판도를 바꾸게 될 것이라고 예상되는 기업이다.

그런 곳에서 전화가 걸려왔다는 것에 한종섭은 머릿속이 멍해진 느낌이었다.

"아, 동신그룹이요. 그런데 무슨 일로……."

한종섭 사장은 동신그룹과는 전혀 관련이 없었다.

나름 그룹 내부에 전략경영팀을 따로 운영하고 있는 곳이었고 그곳에서 그룹경영에 빈틈없는 자료를 찾아서 그룹경영의 운영방침을 정한다.

더구나 동신그룹의 경우 그룹계열사만도 수십 곳이었고 그 계열사들이 씨줄과 날줄처럼 얽혀서 유기적으로 공생관계를 이어가고 있었다.

그런 동신그룹에서 자신에게 전화를 걸어왔다는 것이 황당하기만 한 한종섭이었다.

"무슨 일입니까?"

한종섭의 입에서 메마른 목소리가 흘러나왔다.

전화기에서 스스로 동신그룹의 기조실 대리 정인학이라고 밝힌 사내의 목소리가 다시 들려왔다.

—이번에 새로 대전 대덕에 세워질 우리 동신그룹의 하부계열사인 미래화학에 대한 소식을 혹시 들어본 적이 있습니까?

정인학 대리의 말에 한종섭의 눈이 번쩍 뜨였다.

"뭐라고요?"

뜬금없는 말이었고 서진무역이 동신그룹 내부의 세세한 내용까지 알 수는 없는 일이었다.

살짝 웃음기가 담긴 말이 다시 들려왔다.

—하하, 뭐 소문을 듣지 못했어도 상관없습니다. 언론을 통해 외부에 공표된 일도 아니니 말입니다.

마치 놀리듯 영문 모를 말을 늘어놓는 정인학 대리의 말에 한종섭의 이마가 찌푸려졌다.

"하고 싶은 말씀이 뭔지 그냥 말씀하시는 것이 좋겠습니다. 저도 바쁘게 처리해야 할 일이 있으니 말입니다."

—아, 시간을 뺏었다면 죄송합니다. 드릴 말씀은 이번에 새로 우리 동신그룹의 하부계열사로 설립될 대덕의 미래화학에서 도입할 계측기 문제로 한사장님과 상담을 하고 싶어서 말입니다. 우리 기획실장님의 지시로 이렇게 서진무역의 한사장님께 전화를 드리게 되었습니다. 참고로 우리 실장님께서 특정 기업을 직접 지명하신 것은 무척 이례적인 일입니다.

순간 한종섭의 얼굴이 굳어졌다.

"계측기 도입문제라고요?"

동신그룹 같은 대기업이라면 서진무역과 같은 소규모의 계측기 중계무역을 통해서 거래하는 경우는 없었다.

바로 계측기의 시스템을 생산하는 업체의 본사와 직접 거래를 하는 것이 원칙이고 그것이 통상적이라고 할 수 있을 것이다.

한종섭의 치켜떠진 눈이 껌벅이고 있었다.

그의 귀로 정인학 대리의 목소리가 다시 들렸다.

—그렇습니다. 그 때문에 지금 이렇게 한사장님께 전화를 드린 것입니다. 알아보니 서진무역이라는 곳이 규모는 작지만 우리 대한민국에서 나름 계측기 분야에서는 유명한 기업이라고 실장님이 말씀하시더군요.

한종섭이 눈을 껌벅이며 당황한 듯 입을 열었다.

"동신그룹의 기획실장님께서 무슨 의도로 그런 말씀을 하셨는지 모르겠군요. 동신그룹과 같은 대기업이라면 직접 미국의 레이얼 시스템이나 일본의 구와정밀과 같은 곳의 본사와 협상을 진행하면 될 텐데 왜 굳이 우리 같은 작은 중계무역이나 하는 업체를 선택하는 것인지 모르겠습니다."

—하하 그것은 나중에 아시게 될 것입니다. 뭐 우리 실장님께서 문제가 있는 곳을 선택할 분은 아니니까요.

"그래서 하고 싶은 말씀이 뭔가요?"

—오후에 시간을 내어주실 수 있을까요? 우리 실장님께서 그 문제로 직접 서진무역의 한종섭 사장님과 면담을 진행 하라고 하셔서요.

정인학 대리의 말은 또다시 한종섭을 멍하게 만들었다.

"직접 면담을 하고 싶다고요?"

—예! 대략적인 거래규모는 100억 원대로 추정하고 그에 대한 모든 시스템 설비 도입 문제는 서진무역에 일임할 수 있다는 조건까지도 받아들일 수 있다고 하시더군요.

한순간 한종섭 사장의 등이 서늘해졌다.

일 년에 고작 총 영업규모가 50억 원 안팎의 영세한 구멍가게 같은 서진무역이었다.

그런 서진무역에 단일규모로 상상조차 하지 못했던 연 총 영업규모의 두 배에 이르는 제의가 들어온 것이다.

"100억이라고 하셨습니까?"

—물론입니다. 자세한 이야기는 나중에 우리 실장님과 만나셔서 대화를 하시면 됩니다. 아, 그전에 대덕에 새로 지어질 미래화학에서 도입해야 할 시스템 설비에 관한 자료를 함께 검토하기 위해서 저와 우리 동신그룹 본사 총무팀의 자금담당자와 함께 서진무역을 방문을 해야겠지요. 시간을 정해 주시면 그 시간에 맞추어서 방문하도록 하지요. 물론 지금 당장 동신그룹의 기조실로 전화를 걸어서 제 말의 진위를 확인해 보셔도 좋습니다.

참으로 황당한 정인학 대리의 말이었다.

하지만 속여 보았자 그다지 이득이 될 것도 없는 서진무역을 상대로 동신그룹과 같은 대기업을 호칭하여 사기를 칠 사람도 없을 것이다.

한종섭 사장이 눈을 껌벅이며 입을 열었다.

"뭐 그쪽에서 여기를 방문을 한다면 어느 시간이라도 상관은 없지만 이상한 조건 같은 것이 낀다면 굳이 그럴 필요는 없을 겁니다. 거래의 규모가 크고 작은 것과 관계없이 우리 서진무역은 원칙대로 처리할 것이니까요."

간혹 수억 원 대의 설비를 납품하는 대가로 선지급의 형태로 프리미엄의 제공을 제안하는 양아치 같은 기업도 있었다.

그런 경우 한종섭 사장은 두 번 다시 상대를 하지 않았고 아예 접촉자체를 끊어버릴 정도로 단호한 대처를 했다.

정인학 대리의 웃음소리가 들려왔다.

—하하하 간혹 그런 요구를 하는 거지근성을 가진 사람들이 있긴 하지요. 맞습니다. 서진무역처럼 모든 것을 원칙대로 처리하는 것은 우리도 원하는 바입니다.

한종섭이 혀로 입술을 살짝 핥았다.

왠지 입이 마르는 느낌이 들었기 때문이다.

정인학의 말대로라면 아무런 조건 없이 자신과 서진무역에 말 그대로 호박이 넝쿨째 굴러 들어오는 것과 같았기 때문이다.

"알겠습니다. 굳이 시간을 확정할 필요 없이 언제든 사무실로 오시면 됩니다. 아, 말씀하신 도입을 원하시는 설비의 자료는 가져 오셔야 정확한 거래규모의 산출액을 추출할 수 있습니다."

―물론입니다. 동신그룹에서 조사한 미래화학에 사용할 자료는 모두 가져갈 것입니다. 한사장님과 만나서 설비도입 건이 무난하게 협상이 된다면 저희 실장님과 만나셔서 구체적으로 정식계약을 진행하게 될 것입니다. 참고로 우리 동신그룹의 기획조정실장님은 박영진이라는 분이십니다.

"알겠습니다."

―그럼 나중에 뵙지요.

딸칵―

전화가 끊어졌다.

한종섭이 멍한 얼굴로 자신의 손에 놓인 전화기를 바라보았다.

마치 뒤통수를 무언가로 한 대 맞은 기분이 들었다.

"기가 막히는군. 생각지도 않았던 동신그룹에서 어떻게 이런 제안을 해 오는 거지?"

눈을 껌벅이고 있던 한종섭의 눈이 순간 찌푸려졌다.

"근데 동신그룹의 기획조정실장이라고? 어디서 들어본 느낌인데……."

한종섭이 머리를 갸웃했다.

애써서 어떤 기억을 떠올리려는 듯한 표정이 한종섭 사장의 얼굴에 떠올랐다.

순간 한종섭의 얼굴이 굳어졌다.

"그, 그래. 우리 서영이가 김서방이랑 출국할 때 공항에서 한국항공의 윤태성 회장과 다투었다고 뉴스에 나왔던 사람이 동신그룹의 기획조정실장이라는 사람이었지. 윤태성 회장의 딸과 이혼을 했다고 했던 바로 그 사람."

한종섭 사장은 동신그룹의 기획조정실장이라는 직함이 자신의 귀에 익은 것이 처음엔 의아했다.

이내 그것이 한국항공의 윤태성 회장의 사망설로 뉴스에서 흘러나왔던 직함이었음을 뒤늦게 알아챘다.

"김서방의 도움으로 살아난 윤태성 회장의 전 사위가 그 사람이었어. 허허 이런 일이……."

한종섭은 공항에서 쓰러진 한국항공의 윤태성 회장을 안고 있던 사위 김동하와 윤태성 회장을 보살피던 큰딸 한서영을 보며 윤태성 회장이 죽지 않을 것임을 이미 눈치채고 있었다.

사위인 김동하가 곁에 있다면 절대로 죽지 않을 것이 분명했기 때문이다.

그리고 사위와 딸이 쓰러진 윤태성 회장을 보살피는 장면이 텔레비전의 뉴스에 나오면서 그때 동신그룹의 기획조정실장이란 직함이 꽤 많이 흘러나왔기에 직함이 낯설지 않았던 것이다.

"자신의 장인을 그렇게 만든 사람이 나에게 이런 제의를 해오다니 묘한 느낌이군."

한종섭은 동신그룹의 기회조정실장인 박영진이 자신과 묘하게 얽혀진다는 것이 참으로 기묘하기만 했다.

잠시 눈을 껌벅이던 한종섭 사장이 혼잣말로 중얼거렸다.

“그나저나 미국으로 간 그놈들은 왜 연락을 하지 않는 건지… 쯧, 애타게 소식을 기다리고 있는 이 애비 생각은 하지도 않는 모양이로군 그래.”

나직하게 중얼거리는 한종섭의 얼굴에는 아쉬워하는 표정이 떠올랐다.

잠시 딸 한서영과 사위인 김동하를 머리에 떠올렸던 한종섭이 피식 웃었다.

“만약 서영이와 동하가 토마스 레이얼 회장을 진짜로 살려내고 그래서 우리 서진무역이 아시아지역의 레이얼 시스템 총판을 담당하게 된다면 조금 전 동신그룹에서 제안하는 100억짜리 오더도 그리 어려운 문제는 안 될 것 같기는 할 것 같군. 허허 황당하지만 그런 일이 실제로 일어난다면 서영엄마가 춤이라도 출 것 같은데.”

한종섭은 동신그룹에서 자신에게 제안해온 오더는 그 가능성이 없을 것이라고 생각했다.

연 매출액이 50억 원이 채 넘지 않는 중소규모의 서진무역에 100억이 넘는 오더를 발주하는 것은 상식적으로 가능성이 없다는 것은 누구나 아는 사실이었다.

더구나 실제로 동신그룹에서 100억 원대의 오더를 발주

한다고 해도 지금의 서진무역의 입장으로는 그것을 받아들일 만한 여력이 없었다.

동신그룹에서도 서진무역을 통한 거래를 추진하려는 의도는 당연하게 그것에 맞는 이익을 얻기 위해서일 것이다.

서진무역과의 거래로 100억 원대의 지출을 감당하기에는 상당한 위험부담을 감수해야 한다.

그것을 알면서도 이런 황당한 거래를 추진하는 것은 비즈니스를 입안한 자의 머리가 둔하거나 아니면 서진무역에 한종섭 사장 본인도 알지 못하는 특별한 메리트가 존재하기 때문이라 할 수 있다.

입맛을 다신 한종섭 사장이 이내 머리를 돌려 다시 컴퓨터를 바라보았다.

서비스를 요청한 지역에 파견할 출장팀을 구성해야 했기 때문이다.

다시 컴퓨터의 화면으로 시선을 돌린 한종섭은 이내 동신그룹에서 제안한 내용을 머릿속에서 지워갔다.

오후 2시가 막 지나고 있었다.

내일 부산과 중국으로 출장을 떠나게 될 서비스팀에 대한 구성을 중국출장길에 오를 유한선 고문에게 일임했다.

유한선 고문은 부산에서 의뢰한 서비스지역 두 곳을 돌아볼 출장팀으로 경력 6년차인 서승배 과장과 두 명의 기술자를 지명했다.

중국은 자신과 두 명의 직원을 대동하기로 결정하고 한종섭 사장에게 보고했다.

인천에 관해서는 굳이 출장요원을 선발할 필요 없이 이곳에 상주하고 있는 서비스 팀을 보내면 될 것이기에 출장 건은 그렇게 마무리가 되었다.

"쯧! 이번에도 좀 어렵겠군 그래. 서영엄마가 서운해 하겠는데……."

9월에 결산될 서진무역의 자금상황을 살펴보던 한종섭의 입에서 아쉬운 탄식이 흘렀다.

내일 출발할 출장팀에게 출장비를 따로 지급하면서 이번 9월의 결산내역을 살펴보는 한종섭 사장의 미간에 주름이 잡혔다.

직원들의 급여와 사무실 운영비를 제외하면 남은 돈이 거의 없었다.

미국의 레이얼 시스템 본사에서 매월 입금되는 용역서비스의 대금은 전달과 큰 차이가 없었다.

하지만 신규 거래내역이 상당히 줄어들어 한종섭 사장에게 주어질 이익금은 거의 남지 않는 상황이었다.

한종섭의 미간이 좁혀지며 중얼거렸다.

"이런 식이면 10월에는 적자를 면치 못하겠는데……."

레이얼 시스템에서 입금되는 용역서비스의 대금은 겨우 직원들 급여와 사무실 운영비로 쓰기에도 빠듯할 정도였다.

어쩌면 다음 달에는 아예 한종섭 사장이 자신의 돈으로 적자를 메워야 할 수도 있었다.

예전에 서진무역이 지금보다 규모가 작았을 때 이런 상황이 닥친 적이 있었다.

그때 한종섭은 자신의 아파트를 담보로 은행대출을 받아서 겨우 위기를 넘겼다.

당시 자신의 동생인 한동식에게 도움을 청할 수도 있었지만 아무리 형제라고 해도 동생에게 손을 내미는 일은 죽어도 할 수 없었던 한종섭의 고집이었다.

그 때문에 지금도 동생인 한동식 변호사는 형에게 서운한 감정을 가지고 있었다.

톡톡—

한종섭이 결산내역이 떠올라 있는 컴퓨터의 화면을 보며 손가락으로 책상을 가볍게 두드렸다.

그때였다.

똑똑.

자신의 손가락 장단에 맞춘 듯 사장실의 문에서 노크소리가 들렸다.

곧이어 사무실의 유일한 홍일점인 서진화 대리가 사무실로 머리를 쏙 들이밀었다.

한종섭이 머리를 들어올려 그녀를 보았다.

서진무역의 서진이라는 이름이 자신의 이름을 따서 만들었다고 늘 너스레를 늘어놓는 영리한 아가씨였다.

서진무역의 경리업무와 총무업무를 동시에 보면서 서비스팀이 출장을 다녀오면 출장내역을 돋보기처럼 살펴본다고 해서 돋보기라는 별명을 따로 가지고 있는 그녀는 서진무역에서는 그야말로 사장인 한종섭보다 더 깐깐하다고 알려진 여걸이었다.

서진화 대리가 사장실로 얼굴을 들이밀며 입을 열었다.

"사장님! 손님 오셨어요."

사장실로 들어오지도 않고 문을 열고 머리만 내밀어 말하는 서진화 대리를 보며 한종섭 사장이 피식 웃었다.

"서대리가 두더지야? 왜 그렇게 머리만 내밀어?"

"헤헤."

서진화가 혀를 내밀며 웃었다.

예쁜 얼굴은 아니지만 붙임성이 좋아서 서진무역의 모든 직원들에게 인기가 많았다.

1년 365일 치마를 입은 적은 손에 꼽을 정도였고 늘 청바지에 볼이 넓은 운동화를 신었다.

한종섭 사장이 혀를 내밀며 웃는 서진화 대리를 보며 혀를 찼다.

"서대리를 누가 데려갈지 참 궁금해. 근데 누가 왔다고?"

서진화가 웃으면서 대답했다.

"아까 오전에 사장님과 약속을 했다고 하시던데요?"

한순간 한종섭의 머릿속에 동신그룹의 기획실에서 걸어온 전화가 떠올랐다.

"아! 그분들이 오셨어?"

"예! 어디서 오셨느냐고 물었는데 오전에 사장님과 전화로 약속한 사람이라면 아실 거라고 하셨어요."

"그래?"

한종섭이 자리에서 일어섰다.

한종섭은 오전에 동신그룹의 기획실 직원과 통화한 내용을 서진무역의 누구에게도 말하지 않았다.

아니 말할 수가 없었다.

1년 총 거래규모가 50억 원이 갓 넘는 정도의 서진무역에 대한민국 재계서열 10위권의 동신그룹으로부터 단번에 100억 원대의 오더가 들어왔다는 소식을 알리면 직원들이 어떤 반응을 보일지 너무나 뻔했기 때문이다.

아마 사무실이 떠나가라 환호성을 지르거나 마음이 들떠서 일손이 잡히지 않을 것임은 너무나 당연했다.

한종섭이 머리를 끄덕였다.

"안으로 모셔."

"네."

서진화 대리가 머리를 숙인 후 이내 방문을 다시 닫았다.

똑똑.

딸칵—

잠시 후 문에서 노크소리가 들림과 동시에 문이 열리고 깔끔한 감색의 양복을 걸친 두 명의 사내가 사장실로 들어섰다.

문을 열어준 서진화 대리가 손님들이 안으로 들어가자 이내 문을 닫았다.

앞장서서 들어온 사내는 30대 초반의 젊은 사내였고 뒤에 들어온 사내는 50대 후반으로 보이는 배가 살짝 나온 중년의 남자였다.

먼저 들어온 사내가 한종섭 사장을 바라보다 눈을 동그랗게 떴다.

"한종섭 사장님은 안 계십니까? 저희는 동신그룹에서 나왔습니다."

사내는 사장실에 서 있는 한종섭을 보며 자신이 예상했던 사람이 아니라는 것에 살짝 놀라는 모습이었다.

사위인 김동하에게 천명의 권능이 가진 효능으로 20대의 청년처럼 젊어진 한종섭 사장이었기에 잠시 착각을 한 모양이었다.

한종섭이 웃었다.

"제가 오전에 통화한 한종섭입니다."

"네?"

30대의 사내가 놀란 표정으로 다시 한종섭을 바라보았다.

한종섭을 바라보면서 놀라고 있는 젊은 사내는 박영진 기획조정실장의 지시로 찾아온 동신그룹 기획조정실의 대리인 정인학이었다.

정인학 대리와 함께 대동한 사람은 동신그룹 본사 총무팀 자금담당 이배영 부장이었다.

이배영 부장 역시 박영진 기조실장의 지시로 동신그룹의 계열사인 대덕에 짓고 있는 미래화학에 납품될 100억 원대의 시스템 설비에 관한 협의를 하기 위해 찾아왔다.

그런데 중후한 중년 남자의 모습으로 생각하고 있던 서진무역의 사장이 이제 갓 20대 후반쯤으로 보이는 젊은 남자라는 것에 놀라고 있었다.

하지만 정작 더 놀라고 있는 사람은 한종섭 사장에 대해 나름 조사를 했던 정인학 대리였다.

그로서는 한종섭 사장이 이렇게 젊은 모습일 것이라곤 미처 예상하지 못했다.

자신이 알고 있는 한종섭 사장은 세영대학병원의 내과인턴인 한서영의 부친이고 나이가 50중반에 이르는 중년의 사업가였다.

한종섭은 자신의 얼굴을 보고 놀라는 정인학 대리를 보며 어색하게 웃었다.

“제가 좀 젊어 보입니다. 허허 사위놈이 의사라서 사위덕을 보았지요.”

정인학 대리가 눈을 껌벅였다.

"호, 혹시 세영대학병원의 인턴의인 한서영 선생께서……."

정인학 대리의 말에 이번에는 한종섭 사장이 놀란 표정을 지었다.

"제 딸을 아십니까?"

한종섭은 정인학 대리가 자신의 큰딸 한서영을 알고 있다는 것에 살짝 놀랐다.

그때 놀란 얼굴로 서 있던 동신그룹의 총무팀 자금담당인 이배영 부장이 굳은 얼굴로 한종섭 사장을 바라보며 물었다.

"실례지만 올해 연세가……."

한종섭이 머리를 긁적이며 대답했다.

"64년생입니다. 올해 56살이지요."

"세상에……."

이배영 부장의 입이 쩍 벌어졌다.

이배영 부장은 63년생으로 올해 57살이다.

그런데 지금 자신의 앞에 서 있는 한종섭 사장의 모습은 자신의 아들인 올해 31살 먹은 이동호보다 더 젊은 청년의 모습으로 보였다.

정인학 대리 역시 입을 쩍 벌린 채 한종섭 사장을 바라보고 있었다.

한종섭이 웃으면서 입을 열었다.

"아까도 말씀 드렸다시피 제 딸과 사위놈이 의사라서 그 덕을 좀 보았지요. 제가 오전에 통화한 한종섭이 분명하니 의심할 필요는 없습니다. 근데 어떻게 제 딸을 아십니까?"

한종섭은 동신그룹의 정인학 대리가 큰딸 한서영에 대해 언급하자 그걸 어떻게 알았냐는 표정으로 정인학 대리를 바라보았다.

정인학 대리가 더듬거렸다.

"그게… 제가 예전에 세영대학병원에 입원한 적이 있었는데 그때 한선생을 만난 적이 있었습니다."

정인학 대리는 박영진 기조실장이 종합검진을 받기 위해 세영대학병원에 입원했다가 한서영을 만났다는 것을 자신이 입원한 것으로 둘러댔다.

한종섭이 머리를 갸웃했다.

"제 딸이 세영대학병원의 의사이긴 하지만 그 아이가 제 딸이라는 것을 어떻게……."

이배영 부장이 끼어들었다.

"서진무역과 우리 동신그룹이 100억 규모의 시스템 설비에 관한 계약을 추진하려고 하면서 서진무역에 대해 조금 조사를 해보았습니다. 작은 액수의 거래가 아니니 당연히 그 정도의 조사는 해야 합니다. 그래서 그룹 조사팀에서 자체적으로 사장님과 사장님의 가족내역에 대해 조사를 진행한 것이지요."

이배영 부장이 정인학 대리를 가리키며 말을 이었다.

"여기 정대리가 서진무역과 한종섭 사장님에 대해 조사를 한 내용 중에 세영대학병원의 한서영 선생이 한사장님의 따님이라는 것을 알자 무척 놀라더군요. 정대리로서는 세영대학병원에서 만났던 의사선생이 한사장님의 따님이었다는 것이 신기했나 봅니다 하하."

이배영 부장의 말에 한종섭 사장이 미간을 좁혔다.

이배영 부장의 말을 그대로 믿기에는 무언가 부족하고 자신이 알지 못하는 모종의 비밀이 끼어 있다는 느낌이 들었다.

또한 자신이 모르는 사이에 누군가 자신을 비롯해 자신의 가족까지 조사를 했다는 것에 기분이 꺼림칙했다.

한종섭의 표정이 굳어졌다.

"내가 알지 못하는 사이에 누군가 나와 내 가족을 조사했다는 것이 그렇게 유쾌하지 않군요. 아무리 동신그룹이라고 해도 이건 아닌 것 같은데요."

이배영 부장이 다급하게 수습하려 했다.

"그게… 100억이 넘는 규모의 거래기에 어쩔 수가 없었습니다. 박영진 기조실장님의 직권으로 서진무역에 오더를 넘기기로 결정하긴 했지만 서진무역이 그런 큰 규모의

오더를 감당할 수 있을지 나름 우리 동신그룹에서도 최소한의 예방조치를 해야 한다고 생각해서 어쩔 수가 없었습니다. 기분이 나쁘셨다면 정중하게 사과를 드리겠습니다. 그리고 앞으로 이런 일은 반복되지 않을 것이라고 약속드리지요."

이배영 부장이 미안한 얼굴로 한종섭 사장을 바라보았다.

하지만 이미 한종섭의 표정은 딱딱하게 굳어져 있었다.

다 큰 딸이 세 명이나 되는 한종섭으로선 누군가 은밀하게 자신의 가족내역을 조사한 게 마음이 편할 리 없었다.

정인학 대리가 지금의 분위기를 무마하기 위해 서둘렀다.

"일단 그 문제는 접어두고 오전에 사장님과 상담했던 우리 미래화학에 납품될 시스템 설비에 대한 논의를 해보는 것이 어떻습니까? 여기 소요될 설비의 자료를 가져왔는데 직접 검토해 보시겠습니까?"

서둘러 말을 꺼낸 정인학 대리가 자신의 손에 들린 가방에서 무언가 주섬주섬 집어내어 사장실 한가운데 마련된 테이블 위에 올려놓았다.

정인학 대리의 말에 한종섭이 머리를 돌려 테이블 위에 놓인 자료를 바라보았다.

제법 두툼한 서류파일이었다.

한종섭이 입맛을 다셨다.

이렇게 자료까지 가져왔다면 오전에 전화상으로 나눈 대

화가 그저 헛말은 아닐 것이라는 생각이 들었다.
그때 정인학 대리가 엉거주춤한 자세로 한종섭 사장을 바라보며 입을 열었다.
"인사가 늦었습니다. 저는 동신그룹 기획조정실의 대리 정인학이라고 합니다."
어느새 꺼내 든 것인지 정인학 대리의 손에는 동신그룹의 로고가 정확하게 박혀 있는 명함이 들려 있었다.
한종섭이 엉겁결에 명함을 받자 정인학 대리가 시선을 돌려 이배영 부장을 바라보며 입을 열었다.
"그리고 이분은 우리 동신그룹의 총무팀 자금담당이신 이배영 부장님이십니다. 이번 오더가 정상적으로 진행이 된다면 이부장님을 통해 모든 자금이 집행될 것입니다."
정인학 대리의 소개에 이배영 부장이 자신의 명함을 한종섭 사장에게 건넸다.
"이배영입니다. 잘 부탁드립니다."
묘하게 갑과 을의 위치가 바뀐 느낌이 드는 인사였다.
애초에 동신그룹과 같은 거대기업과 거래를 한다면 서진무역과 같은 소규모 기업은 철저하게 을의 관계로 엮이는 것이 상례였다.
즉 이배영 부장과 같이 자금의 전결권을 가진 사람이라면 한종섭 사장으로서는 아예 그의 비위를 건드리지 않기 위해서 전전긍긍하는 것이 당연했다.

비즈니스를 위해 술을 대접하거나 아니면 은밀하게 향응을 곁들인 뇌물까지도 제공해야 할 수도 있었다.

하지만 지금의 상황은 갑과 을의 위치가 바뀐 느낌이었다.

한종섭도 지금의 상황이 묘하다는 것을 느끼며 어쩔 수 없이 자신의 명함을 내밀었다.

"한종섭올시다."

정인학 대리와 이배영 부장이 한종섭 사장이 건네는 명함을 받아 갈무리했다.

박영진 기조실장의 지시가 아니라면 이런 누추한 곳까지 찾아와서 한종섭 사장을 만날 일도 없었지만 박영진 실장의 지시가 워낙 단호했기에 어쩔 수 없이 한종섭 사장에게 머리를 숙여야 하는 상황이었다.

정인학 대리가 한종섭 사장의 사무실 한가운데 마련된 소파에 앉으면서 입을 열었다.

"신설될 미래화학에 납품될 시스템 설비의 품목과 수량입니다. 납품될 시스템 설비의 브랜드는 상관이 없지만 이후 서비스와 설비의 시운전에는 서진무역이 완공 때까지 주도해 주셔야 할 것입니다. 물론 그에 따른 객관적인 데이터 자료는 우리 동신그룹에 하나도 남김없이 제공해 주셔야 할 것이고요. 우리 동신그룹의 그룹운영팀에서 산출한 내용으로는 도입할 설비의 자금으로 107억 원과 운영

자금 31억이 소요될 것으로 파악되었습니다만 운영팀의 조사내용과 달리 서진무역에서 따로 산출할 내용이 있다면 적극 반영하도록 하라는 지시였습니다."

정인학 대리의 말에 한종섭 사장이 눈을 껌벅이며 자료를 살펴보았다.

화학공장에 투입될 설비의 시스템이 세세하게 분리되어 있었다.

원료분석시스템을 비롯해 원심분리기, 밀도측정기, 분광기와 각종 데이터를 집약할 수 있는 시스템 분석기까지 그야말로 엄청난 설비들의 목록이 모두 기록되어 있었다.

자료를 살펴보던 한종섭이 머리를 들었다.

"오전에 통화를 하면서 말했는데 이런 거액의 장비들을 왜 굳이 우리 서진무역과 같은 소규모의 업체를 통해 도입하려는 것인지 모르겠습니다. 이 목록이라면 일본의 구와정밀이나 하치네 제작소를 비롯해 독일의 브란츠 정밀, 하켈 시스템과 같은 곳에 직접 거래를 추진해도 될 텐데요. 뭐 화학공장에 들어갈 시스템 설비라면 저라면 독일의 하켈 시스템과 직접 거래를 추진할 수도 있었을 겁니다만."

한종섭 사장이 미심쩍은 눈빛으로 정인학 대리와 이배영 부장을 바라보았다.

정인학 대리가 입을 열었다.

"오전 통화에 말씀드렸다 시피 우리 동신그룹의 기획조

정실장님이신 박영진 실장님이 서진무역을 강력하게 추천하셨습니다. 서진무역이 시스템 설비분야에서는 나름 우리나라에서 독자적인 명성을 가지고 있다고 하셨지요. 알아보니 서진무역이 레이얼 시스템의 아시아지역에 대한 서비스를 담당하고 있더군요."

한종섭 사장의 미간이 좁혀졌다.

"그 박영진 실장님이라는 분이 얼마 선 공항에서 한국항공의 윤태성 회장과 다투었다고 뉴스에 나왔던 그분이 아닙니까?"

한종섭 사장의 말에 정인학 대리와 이배영 부장의 얼굴이 살짝 굳어졌다.

정인학 대리가 약간 당황한 얼굴로 대답했다.

"뭐, 뭐 그렇긴 합니다만. 당시 상황은 저희들도 잘 알 수는 없지만 한국항공의 윤회장님과 사소한 오해가 있었다고 하시더군요. 한사장님께서 잘 아시고 계시는지 모르겠지만 한국항공의 윤회장님의 따님이신 실장님 사모님과 우리 실장님이 이혼을 결정하신 것 때문에 벌어지게 된 오해였다고 들었습니다. 그리고 그것이 이번 서진무역과의 거래에 방해가 될 요소는 아니지 않습니까?"

정인학 대리의 당황해 하는 얼굴을 본 한종섭이 입맛을 다셨다.

정인학 대리의 말대로 그것이 계약에 중요한 지장을 일

으킬 요소는 아니었다.

한종섭이 머리를 끄덕였다.

"하긴 저와는 상관이 없는 문제이긴 하지요. 하지만 그분이 왜 우리 서진무역을 선택했는지 이해가 되지 않습니다. 우리 서진무역이 시스템 계측기 분야에서 나름 알려지긴 했지만 이런 대규모의 거래를 진행하기에는 역부족이라는 것을 잘 아실 텐데 말입니다."

한종섭의 말에 정인학 대리가 잠시 멈칫했다.

박영진 실장이 한종섭 사장의 서진무역을 선택한 것은 오직 한서영이라는 아름다운 여자의사 때문이라는 것을 정인학은 너무나 잘 알고 있었다.

하지만 그렇다고 한종섭 사장에게 직접적으로 '당신의 딸인 한서영이라는 여자 때문에 서진무역을 선택한 겁니다'라고 말을 할 수는 없었기 때문이다.

그때 이배영 부장이 끼어들었다.

"실은 우리도 뜬금없이 미래화학에 들어가게 될 시스템 장비를 규모가 작은 서진무역을 통해 진행하라는 박실장님의 지시가 황당했지요. 지금까지 이런 일은 없었으니까요."

이배영 부장은 숨을 한번 고르더니 말을 이어나갔다.

"한사장님 말대로 이런 규모의 장비라면 직접 해당업체와 협상을 하여 가격문제나 납품시기를 조정하는 것이 일반적인 일입니다. 하지만 우리 실장님께서 서진무역에서

요구하는 모든 조건을 무조건 감수하더라도 반드시 이곳 서진무역을 통해 미래화학에 들어갈 시스템 장비의 협상을 진행하라는 지시였습니다. 계약이 확정되면 납품계약금으로 50%의 대금을 선지급하는 것까지 제안해 보라는 지시니까 우리도 기가 막힐 일이지요. 우리 실장님이 왜 서진무역이라는 곳을 콕 집어서 선택한 것인지 한사장님이 궁금해 하시는 것도 당연하지만 우리노 궁금한 것이 사실이고요."

이배영은 박영진 기획조정실장이 한종섭의 딸인 한서영에게 상당한 관심을 가지고 있다는 것을 모르고 있었다.

정인학 대리가 말해 주지 않은 탓도 있었지만 박영진 실장이 자신과 한서영의 관계를 다른 사람에게 알려서는 안 된다고 주의를 주었기에 함부로 발설할 수도 없었다.

한종섭이 눈을 껌벅였다.

"우리가 요구하는 조건을 모두 감수하면서까지 우리랑 계약을 진행한다고 하셨습니까? 50%의 계약금 선지급까지 감수하면서요?"

한종섭의 눈이 커졌다.

어떤 거래처와 거래를 하더라도 이런 식의 계약은 들어본 적도 없었다.

갑의 요구를 을이 수용하는 것은 거래를 위해 어쩔 수 없이 선택해야 하는 일이다.

일반적으로 그러한 경우는 많이 볼 수 있지만 반대로 을의 요구를 갑이 조건 없이 모두 수용한다는 것은 입안에 밥을 떠 먹여 주는 것과 같았다.

더구나 50%의 계약금 선지급이라면 당장에 50억 원이 넘는 엄청난 거액의 자금이 서진무역에 지급된다는 의미였다. 그야말로 자다가 머리 위에서 돈벼락이 떨어지는 것과 같은 일이었다.

이배영 부장이 머리를 끄덕였다.

"50%의 계약금 선지급을 제안해서라도 이곳 서진무역을 통해 미래화학의 시스템 장비 협상을 진행하라고 하셨습니다."

"허허 기가 막히는군?"

"나도 기가 막힙니다. 이런 황당한 지시가 그 냉정한 실장님에게서 나왔다는 것도 기가 막히고 이런 협상안을 들과 찾아와 한사장님을 만나서 협상을 진행하고 있는 지금이 상황도 기가 막힙니다. 만약 우리 실장님이 회장님의 손자가 아니었다면 그룹 내부에서도 상당한 반발이 있었을 것입니다. 한사장님도 아시다시피 이런 계약협상은 들어본 적도 없고 아마 앞으로도 두 번 다시없을 것 같지 않습니까?"

이배영 부장의 눈이 날카롭게 한종섭 사장을 훑어보았다.

이배영 부장의 말이 맞았다.

이런 계약은 들어본 적도 없고 앞으로 나올 일도 없을 것이다.

더구나 동신그룹의 기획조정실장인 박영진이 동신그룹 회장의 손자라는 사실은 또 처음 듣는 말이었기에 한종섭의 눈이 커졌다.

"그 기획조정실장이라는 분이 동신그룹 회장님의 손자라고요?"

이배영 부장이 한숨을 쉬듯 말했다.

"그렇습니다. 그러니 이런 황당한 협상도 진행이 되는 것이지요."

한종섭이 눈을 껌벅이며 다시 입을 열었다.

"도대체 그 실장님이라는 분이 왜 이런 황당한 조건까지 걸면서 우리 서진무역과의 거래를 진행하려는 것인지 모르겠군요. 그리고 이런 말도 안 되는 조건으로 협상을 진행하려는 것에는 내가 알지 못하는 다른 의도가 있을 것 같은데요?"

한종섭은 선뜻 50%의 계약금까지 제안한 동신그룹의 기획조정실장의 의도를 전혀 알지 못했다.

정인학 대리가 끼어들었다.

"우리 실장님 말씀으로는 최종 결정을 망설이신다면 70%까지 계약금 선지급을 제안하라고 하셨습니다. 그리고……."

정인학 대리는 더 이상 박영진 실장이 서진무역과 불합리한 계약을 추진하려는 이유를 감출 수가 없다고 생각했다.

정인학 대리가 말을 머뭇거리자 한종섭 사장이 얼굴을 굳히며 정인학 대리를 바라보았다.

정인학 대리가 어쩔 수 없다는 듯이 어금니를 꾸욱 깨물고 입을 열려고 하는 순간이었다.

띠리리리릿―

띠리리리릿―

한종섭 사장의 책상 위에 놓인 전화기가 울렸다.

서진무역에 걸려오는 전화는 업무전화일 경우 사장실 밖 서진무역의 홍일점인 서진화 대리의 책상에 놓인 대표전화를 거쳐야 한다.

하지만 사장실 전화는 한종섭의 개인전화이거나 한종섭이 개인적으로 상대하는 중요한 사람들의 전화가 대부분이었다.

정인학 대리가 막 박영진 실장이 이곳 서진무역을 선택한 것에 대해서 말하려던 참에 참으로 기막히게 전화가 걸려온 것이다.

한종섭은 서진무역으로서는 자다가 돈벼락을 맞을 수도 있는 참으로 중요한 계약문제에 대해 이야기를 나누던 중 전화가 걸려오자 살짝 당황했다.

무시할 수도 있었지만 전화기의 벨은 계속 울리고 있었다.

자리에서 일어나려고 엉거주춤한 자세로 자신의 책상을 바라보는 한종섭의 얼굴에 망설이는 표정이 역력했다.

정인학 대리가 한종섭 사장을 바라보았다.

"먼저 전화를 받으시지요. 전화를 받고나서 다시 말씀드리겠습니다."

"아, 알겠습니다. 잠시 실례하지요."

이내 한종섭이 자리에서 일어섰다.

한종섭이 전화를 받기 위해서 책상으로 향하자 이배영 부장이 정인학 대리를 바라보며 물었다.

"실장님이 70%까지 제안하라고 하신 게 정말인가?"

정인학 대리가 머리를 끄덕였다.

"부장님께는 말씀드리지 않았지만 그게 실장님께서 한 사장님이 망설일 경우 최후의 제안으로 제시하라고 하셨습니다."

"끙! 나한테는 왜 말하지 않았나?"

이배영 부장이 약간 서운하다는 눈으로 정인학 대리를 쏘아보았다.

정인학 대리가 힐끗 전화를 받고 있는 한종섭 사장을 바라보다 머리를 돌려 이배영 부장의 얼굴 가까이 자신의 얼굴을 가져갔다.

"실장님이 왜 이곳 서진무역과의 협상에 말도 안 되는 조건을 제시하면서까지 협상을 진행하려는 것인지 아십니까?"

이배영 부장의 얼굴이 굳어졌다.

"뭐라고? 자네……."

말을 하려던 이배영 부장은 자신의 목소리가 컸다는 것을 느낀 것인지 말소리를 확 죽였다.

그리고는 속삭이듯 정인학 대리에게 물었다.

"자넨 그 이유를 알고 있나?"

정인학 대리가 나직하게 입을 열었다.

"아까 제가 이곳에 처음 들어와서 한사장님을 만났을 때 한사장님이 너무 젊으신 것에 놀라서 한사장님의 따님에 대해 언급한 적이 있었지 않습니까?"

"그 세영대학병원의 의사라는 딸 말인가?"

"예! 그분이지요."

"그 의사가 왜?"

"박실장님이 사모님과 이혼을 하신 후 재혼상대로 세영대학병원의 의사이신 한사장님의 따님을 선택하신 것 같습니다."

"뭐?"

"예전에 실장님이 세영대학병원에 회장님의 지시로 검진 때문에 입원했을 때, 그때 한사장님의 따님을 보시고 마음에 담아두신 것 같습니다."

"허허 기가 막히는군. 그래서 이런 황당한 계약이 진행되고 있단 말인가?"

정인학 대리가 웃었다.

"어쩔 수 없지 않습니까? 만약 앞으로의 일이 실장님의 계획대로 진행이 된다면 여기 서진무역은 차기 우리 동신그룹 회장님의 장인이 경영하는 기업으로 바뀌게 될 겁니다."

"허어~~."

이배영 부장이 놀란 얼굴로 전화를 받고 있는 한종섭 사장을 바라보았다.

도대체 세영대학병원에서 의사로 근무한다는 한종섭 사장의 딸이 얼마나 대단한 여인이기에 동신그룹의 얼음황태자로 알려진 박영진 실장이 이런 황당한 짓을 벌이면서까지 한종섭 사장의 환심을 사려는 것인지 참으로 궁금했다.

이배영 부장이 정인학 대리를 바라보며 물었다.

"그 한사장님의 의사 따님이 예쁘던가?"

정인학 대리가 웃었다.

"저도 사진으로만 보았습니다만 사진만으로도 내가 본 여자들 중에서 최고의 미인이었습니다. 의사니까 당연히 머리도 좋겠지만 머리만큼 너무나 아름다운 여인이었지요. 실장님이 이혼 후 재혼상대로 선택할 만큼 아름다웠지요."

"허허 기가 막히는군."

이배영 부장이 놀란 눈으로 다시 전화를 받고 있는 한종섭을 바라보았다.

두 사람의 대화 내용을 전혀 알지 못하는 한종섭은 그 시간 기막힌 전화를 받고 있었다.

"여보세요?"

시끄럽게 울리던 전화기의 수화기를 집어든 한종섭이 눈썹을 좁히면서 나직하게 입을 열었다.

순간 그의 귀로 빠른 목소리가 울렸다.

—아빠. 나야.

한순간 한종섭의 눈이 커졌다.

"서, 서영이냐?"

—응, 전화 많이 기다렸지?

한서영의 목소리는 맑고 낭랑했다.

한종섭이 혀를 찼다.

"그것을 알고 있으면서 왜 이렇게 전화를 늦게 하는 것이냐? 김서방은?"

이제 한종섭에게 김동하는 완벽하게 사위가 되어 있었다.

김서방이라는 말의 어감도 그다지 어색하지 않게 느껴졌다.

한서영이 대답했다.

—응! 옆에 있어.

옆에 있다고 하면서 바꿔주지는 않는 딸이 내심 야속했

지만 굳이 바꿔 달라는 말은 하지 않았다.

힐끗 동신그룹에서 찾아온 손님들을 훑어본 한종섭이 머리를 끄덕였다.

중요한 대화를 하다가 이렇게 개인 전화를 받는 것이 살짝 미안해진 그였다.

“그래? 불편한 것은 없니?”

미국으로 건너간 딸과 사위가 잘 지내고 있는 것이 한종섭에겐 가장 중요한 문제였다.

한서영의 맑은 목소리가 들렸다.

—없어. 근데 엘트먼 이사님께서 아빠를 바꿔 달래. 잠시만 기다려 봐.

한서영의 말이 끊어지고 이내 굵은 남자의 목소리가 들렸다.

—여보세요?

한종섭에겐 익숙한 데니얼 엘트먼 이사의 목소리였다.

한종섭이 눈을 반짝였다.

“허허 잘 도착하셨소?”

—염려해 주신 덕분에 잘 도착했습니다.

“좋은 소식이 있기를 기대하지요.”

자신의 딸 한서영과 사위인 김동하가 무엇 때문에 미국으로 건너갔는지 누구보다 잘 알고 있는 한종섭이었다.

지금 한종섭이 하는 말은 토마스 레이얼 회장의 안부를

걱정하는 말이었다.

한종섭의 귀에 낭랑한 데니얼 엘트먼의 웃음소리가 들렸다.

—하하하 그 때문에 닥터한에게 부탁하여 한사장님께 전화를 연결해 달라고 한 겁니다. 잠시만 기다려 보십시오.

이내 데니얼 엘트먼 이사의 목소리가 사라지면서 누군가 굵직한 남자 목소리가 들려왔다.

—여보세요?

한종섭 사장으로서는 처음 듣는 목소리였다.

데니얼 엘트먼이 누군지 말도 해주지 않고 전화기속의 상대를 바꾸었기에 한종섭으로서는 양간 당혹스러웠다.

"아, 예. 한종섭입니다. 그런데 누구신지……."

전화기 속의 상대가 살짝 웃으면서 입을 열었다.

—허허 저는 한사장님의 사위인 닥터김과 따님이신 닥터한으로 인해서 새롭게 새로운 인생을 살게 된 레이얼 시스템의 토마스 레이얼입니다.

순간 한종섭의 눈이 커졌다.

"회, 회장님이십니까?"

지금까지 레이얼 시스템의 아시아지역 서비스용역을 대행하고 있었지만 레이얼 시스템의 토마스 레이얼 회장과 만나거나 그와 대화를 해본 적도 없는 한종섭이었다.

그런 상황에서 갑자기 토마스 레이얼 회장의 목소리를

듣게 되자 온몸이 경직되는 느낌이 들었다.
토마스 레이얼이 부드러운 목소리로 말을 이었다.
—직접 내가 한국으로 날아가 두 은인을 나에게 보내준 한 사장님을 만나서 감사하다는 인사를 전하고 싶지만 당장에 그럴 수가 없어서 이렇게 전화상으로만 한사장님을 뵙는 것이 참으로 미안하고 송구합니다. 조만간 한국을 방문할 예정이지만 그때까지 내가 참을 수 없어서 닥터한에게 부탁하여 이렇게 전화를 드리는 것이니 양해 해 주시구려.
전화기 속에서는 부드러운 말이 흘러나왔다.
한종섭의 얼굴이 살짝 붉어지더니 더듬거리며 말했다.
"완쾌가 되신 것입니까?"
—하하 완쾌뿐이겠습니까? 한사장님의 사위와 따님 덕분에 몹쓸 병으로 죽어가던 이 늙은이에게는 회한으로 남을 뻔했던 청춘까지 선물로 돌려받았습니다.
토마스 레이얼 회장의 말을 들은 한종섭이 입을 벌렸다.
"아!"
청춘까지 선물로 받았다는 말이 무슨 뜻인지 너무나 잘 알고 있는 한종섭이었다.
아마 토마스 레이얼 회장도 자신처럼 젊어졌을 것이었다.
토마스 레이얼이 부드러운 목소리로 다시 말을 이었다.
—한사장에게 어떤 감사인사를 해도 모자라겠지만 이렇게 힘없이 죽어가던 이 늙은이에게 소중한 두 은인을 보내

주신 것에 충분히 보답할 생각입니다.

한종섭이 당황했다.

"아, 아니 그럴 필요는……."

애초에 김동하와 한서영을 미국으로 보내어 토마스 레이얼 회장을 다시 살려낸 이후를 상상했던 한종섭의 내심과는 달리 입에서는 자신도 모르게 겸양의 말이 흘러나왔다.

한종섭의 귀에 낭랑한 토마스 레이얼의 웃음소리가 들렸다.

—하하하 사양하실 필요 없습니다. 다시 새로운 인생을 살 수 있다는 것 하나만으로 내 모든 것을 한사장에게 내주고 싶은 심정이니 말이오. 솔직하게 말하자면 나에게 새 생명을 돌려주신 두 은인에게 내가 가진 것을 모두 드려도 모자랄 것 같은 심정입니다. 잠시 엘트먼을 바꿔 드리겠소. 참 이번 일로 당분간 레이얼 시스템은 데니얼 엘트먼이 회장대행으로 운영될 것입니다. 그러니 그 친구가 하는 말은 내가 하는 말과 같은 것이라고 생각하시면 됩니다.

토마스 레이얼 회장이 말을 끊고 누군가에게 전화기를 넘기는 것 같았다.

이내 전화기에 데니얼 엘트먼 이사의 목소리가 들려왔다.

—여보세요?

"아, 엘트먼 이사님. 방금 토마스 레이얼 회장님이 이사님께서 레이얼 시스템의 임시회장이라고 하셨는데 무슨 뜻인지요?"

데니얼 엘트먼의 웃음소리가 들렸다.

—하하하 회장님이 닥터김과 닥터한으로 인해서 회복되셨다고 하지만 바로 레이얼 시스템의 회장으로 복귀하실 생각은 없으신 듯합니다. 아마 회장님께서 병환으로 회장님의 가족과 헤어질 뻔했기 때문에 당분간 가족과 시내실 듯 보입니다. 그동안 제가 레이얼 시스템의 회장대행으로 경영체제를 이끌어 갈 생각입니다.

"아!"

한종섭의 입에서 탄성이 흘러나왔다.

사장실의 손님용 소파에 앉아서 한종섭 사장이 전화통화를 하는 것을 바라보고 있던 동신그룹의 손님들이 눈을 껌벅였다.

한종섭 사장의 태도로 보아 상당히 중요한 대화를 하고 있는 것을 직감했기 때문이다.

정인학 대리와 이배영 부장은 영어에도 상당한 실력을 가지고 있었지만 지금 한종섭 사장이 대화를 나누고 있는 상대가 누군지 알지는 못하고 있었다.

다만 영어로 대화를 나누는 중 레이얼 시스템이라는 말이 흘러나오는 것으로 보아 서진무역이 아시아지역의 서비스 용역을 맡고 있는 레이얼 시스템의 중요한 상대와 심각한 대화를 하는 것을 짐작하며 듣는 중이었다.

한종섭의 귀에 데니얼 엘트먼의 목소리가 들려왔다.

—한자장님께 우리 토마스 레이얼 회장님께서 제안한 입장을 전해드리지요.

한종섭이 눈을 치켜뜨며 입을 열었다.

"레이얼 시스템이 매각되는 것이 아닙니까? 일본의 구와정밀 측에서 레이얼 시스템을 합병한다는 소문이 흘러나와서 사실 좀 걱정이 되던 참이었습니다."

한종섭으로서는 그것이 제일 궁금하던 참이었다.

한종섭의 귀에 데니얼 엘트먼의 웃음소리가 들려왔다.

—하하하 레이얼 시스템은 매각되지 않을 겁니다. 더불어 토마스 회장님께서 예전에 추진하고 있었던 미합중국의 우주항공국과 나사와의 합작사업도 예정대로 계속 진행할 겁니다. 매각을 추진했던 로빈 레이얼 부회장님은 자리에서 물러나 레이얼 시스템에서 떠났습니다. 그러니 자연히 레이얼 시스템의 매각문제는 없었던 일로 처리될 것입니다.

"아, 그렇습니까?"

한종섭의 얼굴이 밝아졌다.

일본의 구와정밀에서 흘러나온 소문으로 인해서 레이얼 시스템의 계측기에 대한 신뢰도가 바닥까지 떨어졌다.

때문에 서진무역의 매출도 형편없이 줄어들던 것이 현재

의 상황이었다.

한종섭의 귀에 데니얼 엘트먼의 목소리가 다시 들려왔다.

—먼저 이번에 새롭게 결정된 내용을 말씀드리자면 한사장님이 운영하고 계시는 한국의 서진무역과 우리 레이얼 시스템의 아시아지역 서비스 용역에 대한 계약을 다시 추진할 생각입니다. 물론 이것은 서진부역에서 우리 레이얼 시스템과의 아시아지역 서비스 용역에 대한 계약연장을 수락하실 경우에 한해서입니다.

한종섭은 굳은 얼굴로 데니언 엘트먼의 말을 듣고 있었다.

—새롭게 바뀌게 되는 내용은 지금까지 진행되어 왔던 건당 서비스 용역에 관한 대금을 지급하는 것이 아닌 고정 서비스 대금으로 추진하게 될 겁니다. 계약금 500만불에 연 1,000만불의 대금이 서비스 용역건수에 상관없이 고정적으로 서진무역에 지급될 것이며 계약기간은 5년마다 경신하는 것으로 확정했습니다. 한사장님의 의향은 어떠십니까?

듣고 있던 한종섭의 얼굴이 하얗게 질려갔다.

"바, 방금 뭐라고 하셨습니까?"

한종섭은 조금 전에 자신에게 말했던 데니얼 엘트먼의 말을 믿을 수가 없었다.

데니얼 엘트먼이 살짝 웃으면서 다시 말했다.

—서진무역과의 새로운 서비스 용역에 관한 계약은 지금까지 진행되어 왔던 건당 서비스 용역에 관한 대급집행이 아닌 고정적인 서비스 용역에 관한 대금집행이 될 것이고 계약금 500만불에 매년 1,000만불의 대금이 고정적으로 서진무역에 집행이 될 것이라고 말했습니다. 물론 계약기간 중 우리 레이얼 시스템의 장비에 대한 서비스 건수와는 상관없이 고정적으로 매년 서진무역에 지급할 것입니다. 또한 이 새로운 계약의 계약기간은 5년 주기로 재계약의 형식으로 갱신하게 될 것이고요.

한종섭의 입이 벌어졌다.

계약금 500만불에 연 1,000만불의 서비스 용역에 대한 대금이 매년 지급된다면 한순간에 서진무역은 그야말로 대한민국 최고의 계측기 회사로 성장할 것이다.

500만불의 계약금만 따진다고 해도 지금의 환율로 약 61억이라는 거액이 서진무역에 안겨진다.

그뿐만 아니라 서비스 용역대금으로 매년 120억 원이 넘는 엄청난 거액이 서진무역에 입금되는 것이다.

한종섭은 자신이 꿈을 꾸는 것이 아닌지 너무나 가슴이 떨렸다.

이 모든 것이 딸과 사위를 미국으로 보내어 토마스 레이얼 회장을 다시 살려낸 대가라는 생각에 심장이 두근거렸다.

자신의 예상이 너무나 잘 맞아떨어지고 있다는 것에 소름이 끼칠 지경이었다.

사위인 김동하가 가진 천명의 권능이라면 반드시 토마스 레이얼 회장에게 새로운 천명을 넣어 줄수 있을 것이라는 확신을 했던 한종섭이었다.

그의 귀로 낭랑한 데니얼 엘트먼의 목소리가 다시 들렸다.

—지금 제가 한사장님께 말씀드린 새로운 계약의 내용은 토마스 레이얼 회장님이 직접 지시하신 내용입니다. 한사장님이 결정하시면 이 시간 이후 일단 구두로 새로운 계약의 효력이 발생하는 것으로 하고 조만간 토마스 회장님이 한국을 방문하시면 그때 새로운 계약의 계약서에 서명하시면 됩니다.

한종섭이 눈을 껌벅였다.

언제부턴가 한종섭의 이마에 땀방울이 맺히고 있었다.

한종섭은 자신이 간밤에 돼지 꿈이라도 꾼 것이 아닌지 지난밤의 꿈까지 되짚어 생각할 정도였다.

생각지도 않았던 동신그룹에서 100억이 넘는 시스템 설비의 납품오더를 가지고 찾아온 것도 놀라웠다.

그런데 매월 직원들의 급료나 사무실 운영비 정도의 대금을 받아오던 레이얼 시스템의 서비스 용역에 관한 계약이 한순간에 연 120억 원이 넘는 엄청난 거금으로 입금된다는 것은 그야말로 꿈만 같은 일이었다.
한종섭이 더듬거렸다.
"해, 해야지요. 거절할 이유가 있겠습니까?"
―하하하, 그러실 줄 알았습니다. 그럼 이 시간 이후부터 우리 레이얼 시스템과 한국의 서진무역은 새로운 계약이 발효한 것으로 알겠습니다.
한종섭이 자신도 모르게 머리를 끄덕였다.
"알겠습니다."
손님으로 찾아왔던 동신그룹의 정인학 대리와 이배영 부장이 눈을 껌벅이며 당황하고 있는 한종섭 사장을 바라보고 있었다.
그들로서는 한종섭 사장이 무슨 일로 이렇게 당황하고 있는 것인지 영문을 알 수가 없었다.
한종섭이 이마를 손으로 닦았다.
자신도 모르게 이마에 땀방울이 맺혔다는 것을 그제야 알게 되었다.
그때 다시 데니얼 엘트먼의 목소리가 들려왔다.
―서비스 용역에 관한 계약문제는 이것으로 마무리하고 토마스 회장님의 제안으로 두 번째로 한사장님께 제의할 내용이 있는데 들어보시겠습니까?
한종섭의 가슴이 다시 두근거렸다.
이번에는 또 무슨 말로 자신을 놀라게 할 것인지 그의 눈

이 커졌다.

"뭡니까?"

—우리 레이얼 시스템의 아시아지역 지사형태로 서진무역과 합작을 제의하셨습니다. 아시아지역에서 일어나는 레이얼 시스템의 모든 비즈니스를 서진무역을 통해 진행한다는 내용이지요. 물론 그 모든 실적은 서진무역이 가지는 것은 당연하고 말입니다.

한종섭의 눈이 커졌다.

"하, 합작이요?"

—그렇습니다. 우리 레이얼 시스템과 서진무역의 합작회사는 서진무역에서 지분의 51%를 차지할 것이고 레이얼 시스템에서 49%의 지분을 가지게 됩니다. 또한 새로운 합작회사의 운영과 경영권에 대한 모든 권한은 서진무역이 관할하고 레이얼 시스템은 일체 합작회사의 경영권에 간섭하거나 영향력을 행사하지 않을 것입니다. 물론 이 부분도 토마스 회장님이 방한하시면 한사장님과 만나 정식으로 합작사의 설립에 관한 계약서에 서명을 하실 것입니다.

한종섭의 입이 쩍 벌어졌다.

그야말로 평생을 꿈꿔오던 서진무역의 대도약이 이루어지는 순간이었다.

하지만 그렇다고 해도 겨우 직원들의 급여를 지급하는

것에도 허덕이는 서진무역의 자금력으로서는 꿈조차 꿀 수 없는 황당한 제안이었다.

한종섭이 눈을 껌벅이며 입을 열었다.

"우, 우리 서진무역은 레이얼 시스템과의 합작사를 설립할 만한 자금이 없습니다."

—하하 그것은 이미 토마스 회장님이 닥터김과 닥터한에게 이번 일에 대한 보수로 한사장님께 지급할 것이니 합작사를 설립할 자금은 충분할 것입니다. 회장님이 지급하실 두 분에 대한 보수는 32억불입니다. 더 지급할 수도 있겠지만 현재 우리 레이얼 시스템이 우리 미합중국의 항공우주국인 나사와 진행 중인 비즈니스가 있어서 그 정도만 지급하는 것이라고 양해해 달라고 말씀하시더군요.

한종섭은 자신이 지금 꿈을 꾸고 있다는 생각이 들었다.

32억 달러면 3조 8천억 원이 넘는 그야말로 상상조차 하지 못할 엄청난 거금이었다.

그 돈을 자신의 생명을 살려준 대가로 지불한다는 것이 믿어지지 않았다.

데니얼 엘트먼이 계속 말을 이었다.

—회장님이 말씀하신 대금은 새로 우리 레이얼 시스템과 서진무역이 맺은 서비스 용역에 관한 계약금을 송금할 때 같이 송금할 것입니다. 참고로 서진무역과 합작사를 설립하는 것에 우리 레이얼 시스템이 부담할 자금 12억 불도

같이 송금됩니다. 만약 합작사의 설립에 자금이 모자란다면 추후 추가 부담할 것이라는 말씀도 전해 달라고 하셨습니다. 참고로 새로 설립할 합작사의 명칭은 서진무역에서 결정하시면 된다고 하셨습니다.

낭랑한 데니얼 엘트먼의 말이 마치 꿈속처럼 아련하게 들려왔다.

한종섭이 하얗게 질린 얼굴로 전화기를 쥔 손을 바꾸었다.

조금 전까지 전화기를 들고 있던 그의 왼손 바닥에 흥건하게 땀이 고여 있었다.

한종섭이 이를 악물었다.

"하, 하지요. 하겠습니다."

—하하하 좋은 결정을 내리셨습니다. 토마스 회장님께서도 한국의 한사장님과 반드시 좋은 파트너쉽을 맺고 싶다고 하셨는데 정말 현명한 결정을 내리셨습니다. 감사합니다 한사장님.

한종섭이 손바닥에 맺힌 땀을 자신의 양복 앞섶에 문질러 닦았다.

그의 입에서 떨리는 목소리가 흘러나왔다.

"가, 감사해야 할 것은 오히려 저인 것 같습니다."

—하하 그런가요? 토마스 회장님께서 한사장님께 전해 달라는 내용은 현재로선 이것이 전부입니다. 그럼 자세한

내용은 토마스 회장님과 함께 조만간 한국에서 다시 만나서 상의를 하는 것으로 하지요.

"알겠습니다."

—따님이신 닥터한을 바꾸어 드릴까요?

한종섭이 머리를 흔들었다.

"아닙니다. 그냥 미국에서 편하게 지내다 귀국하라고 전해 주십시오."

—알겠습니다. 그렇게 전해드리지요. 그럼.

딸칵—

전화가 끊어졌다.

순간 한종섭은 조금 전까지 자신과 통화를 했던 데니얼 엘트먼의 목소리가 환청이었을지도 모른다는 생각이 들어 멍한 표정으로 자신의 책상을 내려다보았다.

그러다 자신이 통화가 끊어진 전화기를 들고 있다는 것을 느끼고는 이내 전화기 위에 수화기를 내려놓았다.

한종섭의 얼굴은 마치 술을 먹은 듯 벌겋게 달아올라 있었다.

그때 동신그룹의 정인학 대리가 한종섭 사장의 얼굴을 보며 표정을 굳혔다.

"무슨 일이 있습니까? 한사장님!"

정인학 대리는 꽤 오랜 시간의 전화통화를 마치고 돌아오는 한종섭 사장의 얼굴이 처음과는 너무나 다른 표정으로 변한 것을 보며 놀란 듯이 물었다.

한종섭이 머리를 흔들었다.

"아, 아닙니다."

정인학 대리나 이배영 부장에게 자신과 레이얼 시스템의 토마스 레이얼 회장과 얽힌 사연을 설명할 필요는 없었다.

이내 표정을 다시 고친 한종섭이 정인학 대리와 이배영 부장을 마주보며 소파에 앉았다.

하지만 상기된 얼굴빛은 어쩔 수 없는 듯 붉게 달아올라 있는 한종섭이었다.

"죄송합니다. 중요한 전화라서 시간을 많이 지체한 것 같군요. 아까 어디까지 이야기를 했었죠?"

말을 하는 한종섭의 목소리도 살짝 떨리는 느낌이 들었다.

정인학이 잠시 한종섭 사장을 바라보다가 입을 열었다.

"아까 한사장님께서 우리 실장님이 왜 굳이 서진무역과의 비즈니스를 고집하셨는지 물으셨습니다."

"아! 그랬지요."

정인학 대리의 말을 듣는 순간 한종섭은 자신이 딸 한서영의 전화를 받기 전의 대화내용이 떠올랐다.

정인학이 눈을 깜박이며 한종섭 사장을 바라보다가 머리를 흔들었다.

"사실 그 이유는 저도 알고 있지만 만약 한사장님께서 우리 동신그룹에서 제안한 미래화학에 납품할 시스템 장비의 오더를 수락하신다면 우리 실장님과 직접 대면을 하시게 될 것입니다. 그때 실장님께 한사장님이 직접 물어보시는 것이 좋을 것 같습니다."

한종섭이 잠시 눈을 깜박였다.

일본의 구와정밀로부터 흘러나온 레이얼 시스템의 매각설이 사실이 아니라 뜬소문이라고 데니얼 엘트먼으로부터 확인받았다.

토마스 레이얼 회장이 다시 살아났다면 레이얼 시스템도 정상화가 될 것이기에 100억이 넘는 거액의 오더라도 부담될 것이 없다는 생각이 들었다.

더구나 이제 레이얼 시스템에서 정식으로 자금이 집행된다면 서진무역으로서도 자금을 걱정할 이유가 없어질 것이다.

레이얼 시스템에서 입금될 3조가 넘는 자금이라면 아무리 대한민국 재계서열 10위권인 동신그룹이라도 서진무역의 자금력을 무시할 수 없을 것이었다.

한종섭이 머리를 끄덕였다.

"알겠습니다. 그럼 일단 동신그룹에서 제의한 미래화학에 대한 오더는 신중하게 검토를 해 보기로 하지요. 물론 그전에 그쪽 동신그룹의 그 실장님이라는 분을 만나서 자세한 내용을 다시 협의해야 할 것이고요."

정인학 대리가 머리를 숙였다.
"협상이 잘 진행되어 우리와 서진무역이 좋은 거래를 할 수 있다면 좋겠습니다. 가져온 자료는 일단 두고 갈 것이니 꼼꼼히 검토해 보시도록 하시지요. 아까 말씀드린 대로 서진무역에서 원하신다면 설비대금의 70%까지 선지급도 감수할 수 있으니 좋은 결과가 있기를 바랍니다."
한종섭이 싱긋 웃었다.
"저 역시 같은 마음입니다."
레이얼 시스템이 정상화가 된다면 서진무역으로서도 다시 바빠질 것은 당연했다.
하찮은 서비스 용역에 얽매여 사무실 운영자금이 빠듯해질 상황도 끝이었다.
정인학 대리가 굳은 표정으로 한종섭 사장을 바라보고 있는 이배영 부장을 보며 입을 열었다.
"이 부장님! 우린 그만 일어나지요."
정인학 대리의 말에 이배영 부장이 흠칫했다.
이배영 부장은 한종섭 사장의 딸인 한서영이 얼마나 아름다운 여인이기에 미래의 동신그룹 후계자로 낙점된 동신의 얼음황태자 박영진 실장이 이토록 서진무역에 집착하는 것인지 참으로 궁금했다.
하지만 그것을 물을 수는 없는 일이었다.
이배영 부장이 양복을 추스르며 자리에서 일어섰다.

정인학 대리도 같이 일어서며 마주 일어서는 한종섭 사장에게 정중하게 머리를 숙였다.

"그럼 조만간 다시 뵙기를 바랍니다. 실장님께 말씀드려 한사장님과의 미팅 시간이 확정되면 다시 전화를 드리겠습니다."

한종섭 사장이 대답했다.

"기다리지요."

"그럼."

정인학 대리가 마지막 인사를 하고 표정이 굳어진 이배영 부장과 함께 사무실 문으로 향했다.

이내 두 사람이 서진무역을 떠났다.

동신그룹에서 찾아온 두 사람이 서진무역을 떠나자 한종섭은 지친 듯 자신의 책상으로 돌아와 털썩 주저앉았다.

1시간도 되지 않은 짧은 시간에 한종섭은 너무나 많은 일을 겪은 듯이 약간 지친 얼굴이었다.

서진무역의 사장실 벽에 걸려있는 벽시계가 오후 3시를 가리키고 있었다.

악의 향기(惡의 香氣)

부우우우웅.

부르르릉—

두 대의 차가 천천히 세영대학병원의 주차장으로 들어섰다.

앞장선 차는 검은색의 국산 대형승용차였고 검은색의 승용차를 따라 주차장으로 들어서는 차는 한국에서는 흔하게 볼 수 없을 듯한 백색의 롤스로이스였다.

앞장선 검은색의 승용차가 주차장의 비워진 공간을 찾아 멈춰 서자 백색의 롤스로이스도 옆쪽으로 나란히 멈춰 섰다.

두 대의 차가 멈추자 검은색의 승용차에서 깔끔한 정장을 걸친 30대의 사내들 3명이 급하게 내려 롤스로이스의 옆으로 다가와 정중하게 롤스로이스의 뒷문을 열었다.

열린 롤스로이스 안에서 회색의 양복을 걸친 30대 후반의 사내가 내려서서 한쪽으로 비켜섰다.

뒤이어 롤스로이스의 뒷문에서 한눈에 보아도 사람의 시선을 끌어당기는 기묘한 복장의 남자가 내려섰다.

긴 머리칼에 9월의 날씨에는 어울리지 않는 긴 코트를 걸친 중년남자였다.

중년남자의 두 눈은 마치 얼음조각처럼 차갑고 날카로웠다.

차에서 내린 중년남자는 김동하의 사숙인 해진이었고 옆으로 비켜선 30대의 사내는 해진의 아들인 천권휘였다.

해진이 차가운 눈빛을 번득이며 웅장한 규모를 자랑하는 세영대학병원의 본관 건물을 올려다보았다.

"텔레비전에서 본 그 천한 놈과 같이 있던 계집이 근무하는 곳이 이곳이냐?"

해진의 목소리는 낮았지만 무척이나 싸늘했다.

해진의 아들 권휘가 대답했다.

"예, 인천의 태명회의 애들을 시켜 그 계집에 대한 것을 알아보라고 하니 이곳에서 근무하는 의사라는 것을 알아냈습니다. 이름이 한서영이라는 것도 알아냈지요."

권휘의 눈에 살짝 녹색의 광채가 떠올랐다가 지워졌다.
해진이 머리를 끄덕였다.
"그 계집을 찾으면 그놈도 찾게 될 테지."
해진이 마치 향기를 맡듯 눈을 지그시 감고 크게 숨을 들이쉬었다.
한순간 해진의 몸에서 마치 봄날의 아지랑이 같은 기운이 사방으로 흩어지며 번져 나갔다.
해동무의 무량기였다.
무량기는 같은 동질의 기운에는 마치 자석처럼 끌어당기는 반응을 한다.
지금 해진이 퍼트리고 있는 해동무의 기운이라면 이곳에 김동하의 흔적이 남아 있을 경우 단번에 포착할 수 있다.
다만 김동하가 해동무의 무량기를 이곳에 남겨 놓았다고 해도 꼬박 하루가 지나지 않아야 기운을 포착할 수 있을 것이다.
자신의 무량기를 퍼트려 김동하의 무량기를 찾았지만 어디에도 김동하의 무량기는 남아 있지 않았다.
김동하가 세영대학병원을 방문한 것은 한서영이 10일간의 근신처분을 받기 전이었다.
그러니 지금까지 김동하의 무량기가 남아 있을 수가 없었다.
무량기를 이용해 세영대학병원을 살핀 해진이 얇은 입술

을 실룩였다.

"놈의 기운이 잡히지 않는 것으로 보아 이곳에 그놈은 없는 모양이구나."

권휘가 대답했다.

"계집이 여기에 있다고 해도 그놈까지 여기에 있을 이유는 없지 않겠습니까? 이곳은 예전 혜민서와 같이 병자들을 치료하는 병원인데 그놈이 무슨 자격으로 이곳에 머물겠습니까? 그냥 그 계집을 만나 그놈이 있는 곳을 캐물으면 될 것입니다."

아들 권휘의 말에 해진이 이를 악물었다.

"포기할 뻔했던 그놈의 흔적을 찾게 되어 마음이 조급해지니 내가 성급했다. 가서 그 계집을 잡아 오거라."

해진의 말에 권휘가 검은색의 승용차에서 내린 사내들을 향해 입을 열었다.

"가서 한서영이라는 의사계집을 찾아서 이곳으로 데려오도록 해. 거칠게 다루어도 상관없지만 곧 내 여자가 될 계집이니 행여 계집이 다치지 않도록 조심하고."

권휘는 한서영을 찾게 되면 아버지 해진의 말대로 한서영을 자신의 여자로 만들 생각이었다.

비록 작은 모니터의 화면으로 보았지만 한서영의 미모라면 자신의 여인으로 부족하지는 않을 것이라고 생각했다.

검은색의 양복을 입은 사내들이 머리를 숙였다.

"알겠습니다. 사장님."
"예!"
세 명의 사내들이 너무나 정중하게 권휘를 향해 머리를 숙였다.
그들은 권휘가 인천의 태명회를 장악하면서 어떤 일을 벌였는지 너무나 잘 알고 있었다.
손짓 한 번에 사람의 머리통이 터져 나가고 발길질 한 번에 목이 꺾어질 정도로 잔혹한 손속을 가진 권휘였다.
그리고 태명회를 박살낼 때 난장판이 되었던 유한컨티넨탈 호텔의 팬터하우스의 그 끔찍한 현장을 자신들의 손으로 치웠던 사내들이었다.
권휘의 손에 죽은 동료들을 몰래 처리해야 했던 그들은 너무나 참혹한 현장의 모습에 온몸에 소름이 돋을 정도로 두려움을 느꼈다.
공포는 전염이 되는 세균과 같아서, 한 명이 권휘에 대해 두려움과 공포를 느끼자 다른 사내들도 자신도 모르게 권휘라면 아예 오금이 졸아드는 느낌을 가지게 되었다.
그 때문에 지금의 권휘 말이라면 그 어떤 말이라고 해도 복종할 정도였다.
세 명의 사내들이 재빠른 걸음으로 세영대학병원의 본관으로 향했다.
간호사든 의사든 세영대학병원에서 일하는 사람이면 아

무나 붙들고 한서영이 어디에 있는지 캐물으면 될 것이라고 생각한 것이다.

해진은 그날 자신이 본 텔레비전의 영상 속의 김동하가 왜 공항에 있었던 것인지 알지 못했다.

그 역시 조선에서 넘어온 사람이었고 이곳에 도착한 이후 단 한 번도 한국을 벗어나 다른 나라로 가 볼 생각은 하지 않았던 것이다.

해진의 차가운 눈빛이 세영대학병원의 본관을 물끄러미 바라보고 있었다.

그는 지금 당장이라도 김동하를 만나 김동하의 몸속에 들어 있는 천명의 권능을 탈취하고 싶었다.

하지만 참으로 기묘하게 김동하는 늘 그의 손에서 몇 걸음은 떨어져 있는 느낌이었다.

가지고 싶은 욕망이 강할수록 초조함은 더 강해져갔다.

해진의 눈에 새파란 욕망이 들끓고 있는 듯 이글거렸다.

따가운 9월 말의 햇살이 쏟아지고 있는 세영대학병원의 주차장 한가운데 긴 코트를 걸치고 서 있는 해진의 모습은 참으로 눈에 띄는 광경이었다.

병원을 방문했다가 돌아가는 사람들이나 병원으로 들어오는 사람들이 신기한 풍경을 보듯 해진을 바라보며 지나갔다.

하지만 해진은 그런 것과는 전혀 상관하지 않는 듯 아들 권휘의 지시로 한서영을 데려오기 위해 병원의 본관으로 향한 사내들을 기다리고 있었다.

"정말 아픈 곳 없니?"

세영대학병원 외과전문의 정수길이 마치 소중한 보석을 보살피듯 한 소녀를 바라보며 물었다.

깔끔한 단발머리에 눈빛이 밝은 예쁘장한 여고생 나이의 소녀가 대답했다.

"없어요, 선생님."

솜털이 채 가시지 않은 여고 2학년 최은지의 대답에 정수길이 한숨을 불어냈다.

"기가 막히네. 진짜 내가 그날 귀신에 홀린 것인가? 아니면 이 아이 말대로 신이 정말 있는 것인지… 끙."

정수길이 머리를 흔들었다.

그날 아침 119 구급차에 실려 병원의 응급실로 도착했던 15살의 어린 소녀 최은지는 이미 두개골 파열과 전신의 관절이 모두 부러져 사망한 상태였다.

아파트 24층에서 투신했으니 몸이 멀쩡하면 그게 오히려 비정상일 것이다.

현장에서 119 구급대 요원도 사망판정을 내렸음에도 더 확실한 판정을 위해 병원으로 데려왔지만 검진할 필요도 없이 이미 어디에도 바이탈 사인은 느껴지지 않았다.

결국 사망판정을 받고 영안실로 보낸 아이가 바로 최은지였다.

하지만 그녀는 병원의 영안실에서 멀쩡한 모습으로 다시 살아나 세영대학병원의 모든 의사들과 의료진들을 기겁하게 만들었다.

그때의 일은 아직도 의사들 사이에서 술렁거리는 말이 흘러나올 정도였다.

정수길이 다시 최은지의 팔 관절을 만지면서 촉진을 하며 물었다.

"행여 결리거나 몸에 불편한 느낌은 없니?"

최은지가 부드럽게 웃었다.

"정말 아무 곳도 아픈 곳은 없어요. 선생님."

최은지의 관절을 만지던 손을 떼며 정수길이 물었다.

"정말 그날 신을 만난거니?"

죽은 사람을 이렇게 멀쩡하게 다시 살려낼 수 있는 존재는 신밖에 없을 것이다.

최은지가 그런 신을 만났다는 것이 아직도 믿어지지 않는 정수길이었다.

최은지가 웃으면서 머리를 끄덕였다.

"네. 다시 저에게 천명을 돌려줄 것이니 소중하게 간수해서 남은 천명을 다 누려야 한다고 하셨어요."

최은지의 머릿속에 그날 자신이 잠들어 있었던 영안실에

서 본 김동하와 한서영의 얼굴이 떠올랐다.

정수길이 한숨을 불어냈다.

잠시 최은지를 바라보던 정수길이 다시 물었다.

"네가 본 신이 남자와 여자, 이렇게 두 명이라고 했지?"

끄덕—

최은지가 머리를 끄덕였다.

그날의 사고 이후 자신을 괴롭혔던 아이들이 다니고 있는 학교에는 두 번 다시 갈 생각이 없어진 최은지였다.

그 아이들을 다시 만나게 되면 그날의 그 참혹했던 상황이 다시 떠오를 것 같아서 최은지의 부모도 학교에 등교하는 것을 말릴 정도였다.

대신 집과 학원에서 홀로 대학진학을 준비하라고 했다.

김동하가 천명을 돌려준 덕분에 다시 살게 된 최은지는 부모의 말대로 집에서 공부하고 있는 중이었다.

또한 예전에는 문학소녀들이 꿈꾸는 문과를 지망했지만 지금은 꿈이 바뀌어 의사가 되고 싶어 했다.

최은지가 의사가 되기로 결심한 것은 영안실에서 한서영을 만나면서부터였다.

자신도 꼭 한서영과 같은 예쁜 의사가 될 생각이었다.

그런 최은지에게 일주일에 한번 이렇게 병원을 방문하는 것은 어쩌면 고역이라고 할 수 있는 상황이었다.

매번 같은 질문과 같은 대답이 오갔다.

세영대학병원으로서는 영안실에서 다시 살아난 최은지의 상태를 알아내기 위해서 1주일에 한 번은 이렇게 병원을 방문해서 정수길에게 진료를 받도록 요구했다.

최은지의 상황이 워낙 특이해 세영대학병원에서도 최은지에게만은 진료비를 비롯한 모든 비용을 무료로 책정하고 있었다.

다시 살아난 딸의 건강을 무료로 진료해 준다는 말에 최은지의 부모도 병원을 방문하는 날이면 최은지와 함께 병원을 방문했다.

지금 진료실의 문 밖에서 최은지의 부모인 최선동과 박은정이 최은지가 진료를 마치고 나오기를 기다리고 있을 것이다.

정수길이 다시 물었다.

"네가 말한 그 두 명의 신들의 얼굴을 정확히 보았니?"

최은지가 살짝 미간을 찌푸렸다.

자신에게 당부하던 한서영의 말이 떠올랐다.

'이 이야기는 절대로 다른 사람들에게 하지 않았으면 좋겠어요.'

자신을 살려준 은인인 김동하가 죽은 사람을 다시 살려내는 능력을 가졌다는 것을 누군가 알게 된다면 엄청난 혼란을 일으키리란 것을 어린 최은지도 알고 있었다.
그 때문에 최은지는 김동하에 대해서는 죽을 때까지 함구해야 한다고 스스로 결심했다.
최은지가 머리를 흔들었다.
"얼굴을 정확하게 볼 수는 없었어요. 다만 남자는 엄청 잘생긴 오빠같은 사람이었고 여자는 너무나 예뻐서 질투가 날 것 같은 언니처럼 느껴졌어요."
최은지의 머릿속에 김동하와 한서영의 얼굴이 마치 그림처럼 떠올랐다.
최은지의 말대로 오빠같은 김동하와 언니같은 한서영은 질투가 날 정도로 너무나 잘 어울리는 모습이었다.
몇 번을 물어도 최은지의 대답은 한결같았다.
저번 주에 같은 말을 물었지만 그때의 대답도 지금의 대답과 토씨 하나 다르지 않고 같은 대답이었다.
정수길이 눈을 깜박이며 최은지의 두 눈을 빤히 바라보았다.
초롱한 맑은 눈이 습기를 가득 담고 반짝이고 있었다.
잡티 하나 보이지 않는 맑은 눈이었고 너무나 깨끗해서 마치 거울을 보는 느낌이 들 정도였다.
이런 눈빛을 가진 사람은 거짓말을 하지 못한다고 생각한 정수길이 다시 한숨을 불어냈다.
"잘 때 악몽을 꾸거나 이상한 환청 같은 것이 들리는 것은 없어?"

최은지가 대답했다.

"잠을 늘 잘 자고 머릿속이 항상 맑아요. 그래서 공부도 더 잘되는 것 같고요."

"그래?"

정수길이 실망한 듯 중얼거렸다.

최은지가 영안실에서 다시 살아난 이후 세영대학병원의 영안실 3호실은 이제 세영대학병원에 재직 중인 의사들이나 간호사들은 하루에 한 번씩은 들러서 마치 예배를 보듯 경건한 마음으로 순례를 하는 곳으로 바뀌었다.

신이 재림한 곳이고 이곳에서 최은지가 살아났다는 소문이 나자 자신들도 신을 단 한 번이라도 볼 기회를 얻기 위해서였다.

정수길이 머리를 끄덕였다.

"몸에 별다른 이상은 없는 것 같구나. 하지만 조금이라도 이상이 느껴진다면 곧바로 나에게 연락을 해야 한다 알겠니?"

정수길이 최은지의 얼굴을 빤히 바라보았다.

예쁘고 귀여운 얼굴의 최은지였다.

아직은 어린 소녀의 티를 벗지도 못한 최은지가 극단적인 선택을 해야 했던 것이 가슴이 저릿한 애틋함으로 느껴진 정수길이었다.

최은지가 머리를 끄덕였다.

"그럴게요, 선생님."

최은지의 대답을 들은 정수길이 무언가를 떠올리며 급하게 물었다.

"참, 그 아이들과는 연락을 하고 있니?"

최은지를 나락으로 밀어 넣었던 유채영과 그 또래 아이들을 말하는 것이었다.

최은지가 머리를 흔들었다.

"아니에요. 만나지 않아요."

"원망스럽진 않니?"

최은지가 작은 입술을 꼬옥 깨물며 대답했다.

"처음에는 그 아이들을 원망하고 반드시 복수하고 싶었는데 그렇게 하면 제가 다시 살아난 것이 세상에 알려져 제가 힘들게 될 것이라는 아빠 말에 그냥 그 아이들을 잊기로 했어요."

최은지가 세영대학병원의 영안실에서 다시 살아난 것이 언론이나 방송을 통해 세상에 알려지면 엄청난 혼란이 일어날 것을 예상한 최은지의 아버지 최선동이 최은지를 말렸다.

세영대학병원 측에서도 최은지가 다시 살아나게 된 초유의 사태를 어떻게 처리해야 할 것인지 혼란을 겪다가 결국 병원자체에서 최은지의 사태를 함구하기로 결정했다.

처음 아파트에서 투신한 최은지를 병원으로 데려왔던 119 구급대도 최은지가 다시 살아난 것을 모르고 있었다.

투신현장에서 참혹한 모습으로 숨져 있었던 최은지가 다시 살아난 것을 당시의 119 구급대가 알게 된다면 그들은 자신들이 당시 목격한 것을 도저히 믿지 못할 것이다.

정수길이 머리를 끄덕였다.

"그게 옳은 판단이겠지. 네가 다시 살아난 것이 세상에 알려진다면 아마 널 보려고 구름처럼 사람들이 달려들게다."

"처음에는 재판을 하려고 했는데 나중에 아빠가 재판도 포기한다고 했어요. 다만 두 번 다시 그 아이들과 만나지 않는 것이 좋겠다고 말씀하셔서 그냥 그 아이들을 제 머릿속에서 지워버리려고요."

끄덕.

정수길이 머리를 끄덕였다.

만약 재판을 해야 한다면 처음 최은지가 죽었던 상황과 신을 만나 다시 살아나게 된 것을 모두 최은지 스스로 증명해야 한다.

그리고 그것은 엄청난 소동을 일으킬 수도 있다.

그렇기에 최은지를 죽음으로 내몰았던 유채영과 김선혜 등 6명의 아이들을 상대로 한 고소를 포기한 것이다.

정수길이 최은지를 바라보며 입을 열었다.

“이번 주는 이것으로 검사를 마칠게. 다음 주에 또 보자꾸나.”

최은지가 생긋 웃었다.

“네. 선생님.”

최은지가 밝은 모습으로 웃는 것이 귀여웠던 정수길이 최은지의 머리를 손으로 쓸었다.

“이렇게 웃는 모습을 보니 그날 병원으로 실려 있던 네 모습이 믿어지지 않는구나.”

“헤헤.”

최은지가 혀를 내밀며 웃었다.

“그래 이제 나가서 부모님과 함께 집에 돌아가도 된다.”

“감사합니다.”

최은지가 의자에서 일어서며 꾸벅 인사를 했다.

막 밖으로 나가려던 최은지가 몸을 돌려 정수길을 바라보며 입을 열었다.

“근데 한서영 선생님은 어디 가면 뵐 수가 있어요?”

매번 검사를 위해 병원에 올 때마다 자신에게 새로운 생명을 돌려준 한서영과 김동하를 보고 싶었다.

하지만 한서영과 김동하의 정체를 엄마와 아빠에게도 사실대로 털어놓지 못한 최은지였기에 늘 아쉬운 마음으로 돌아가야만 했다.

하지만 오늘은 작정하고 보고 싶은 마음에 한서영의 거

처를 물어본 것이다.
정수길이 눈을 껌벅였다.
"한서영?"
"네."
세영대학병원에서 내외과를 막론하고 한서영을 모르는 의사는 없었다.
세영대학병원의 최고 미인이라고 알려진 한서영이었기에 당연히 정수길도 잘 알고 있었다.
정수길이 이마를 찌푸렸다.
"글쎄. 얼핏 듣기로는 개인적인 일로 외국에 나갔다고 한 것 같던데. 참! 너도 뉴스를 보았다면 얼마 전에 공항에서 벌어진 일을 알 텐데……."
순간 최은지의 입이 벌어졌다.
"아!"
최은지도 뉴스에서 그토록 보고 싶어 하던 김동하와 한서영을 보게 되자 큰 관심을 가지고 뉴스를 지켜보았던 터였다.
당시에는 김동하와 한서영에 대한 뉴스보다는 한국항공의 윤태성 회장의 근황을 집중적으로 소개했다.
한서영과 김동하에 관한 내용은 그저 윤태성 회장을 보살피는 의료인의 모습으로만 방송되었을 뿐이었다.
조금만 더 한서영과 김동하에 관한 소식을 뉴스로 전해

주길 바랐지만 간단하게 공항에서 만난 의료인의 조치로 윤태성 회장이 위급한 상황을 면했다는 정도로만 방송된 것에 서운함을 느끼던 터였다.

최은지가 머리를 끄덕였다.

"그때 외국을 나가시기 위해서 공항에 계셨던 거였네요. 전 선생님이 그냥 누구를 배웅하기 위해서 우연히 공항에 나가신 것으로 생각했어요."

당시 뉴스에 방영된 김동하와 한서영의 모습이 간편한 복장이었기에 출국을 위해 공항에 머물고 있었을 것이라고는 생각하지 못했던 최은지였다.

하지만 그때 한국을 떠나기 위해 공항에 머물렀다는 것을 이제야 알아차렸다.

최은지의 얼굴에 아쉬워하는 표정이 떠올랐다.

정수길이 웃으며 입을 열었다.

"뭐 한서영 선생으로서는 근신징계 기간이었으니 오랜만에 한가한 틈을 타서 외국으로 잠시 여행을 다녀올 생각이었던 것 같구나."

최은지가 놀란 얼굴로 눈을 동그랗게 떴다.

"근신징계요?"

"몰랐니? 그럼 네가 영안실에서 다시 살아나서 장례식장으로 오는 통에 장례식장에서 난리법석이 일어난 일은 알고 있지?"

최은지가 굳은 얼굴로 머리를 끄덕였다.

"네."

자신이 영안실에서 멀쩡한 몸으로 되살아나 자신의 장례식장을 난장판으로 만들고 있었던 유채영의 엄마 앞에 모습을 드러냈을 때의 상황을 생생하게 기억하고 있는 최은지였다.

그런데 그때의 일을 언급하는 정수길 박사의 말이 이해가 되지 않았다.

정수길이 웃었다.

"그때 널 그렇게 만든 아이의 엄마랑 말다툼을 했는데 그때의 일로 한서영 선생이 징계를 받았단다. 의사의 신분으로서 고객과 다투는 일은 병원 측에서 징계를 내릴 정도로 잘못된 일이니까 말이다."

"어떻게……."

최은지는 자신을 살려준 고마운 한서영이 징계를 받았다는 것에 가슴이 철렁 내려앉았다.

정수길이 웃었다.

"징계가 풀리면 곧 복귀하게 될 거야. 다음 주에 네가 검사를 받으러 다시 병원에 오면 그때는 아마 한서영 선생도 귀국했을 것이니 만나볼 수가 있을 거다."

최은지가 큰 눈을 껌벅이며 대답했다.

"알겠습니다."

정수길이 그런 최은지를 보며 물었다.

"근데 갑자기 네가 한서영 선생을 왜 만나고 싶은지 궁금하구나."

최은지가 생각할 필요도 없다는 듯이 곧바로 대답했다.

"저도 나중에 한서영 선생님처럼 의사가 될 생각이에요."

"너도 의사가 된다고?"

"네, 반드시 한서영 선생님처럼 예쁘고 착한 의사가 될 생각이에요."

정수길이 눈을 껌벅였다.

"한서영 선생이 예쁜 것은 맞지만 착하다는 말은 너에게 처음 듣는 말이구나. 우리 병원에서는 한서영 선생이 예쁜 여자껍데기를 덮어쓴 상남자라는 소문까지 있는데 말이다 허허."

세영대학병원에서 한서영이 그 어떤 남자에게도 관심을 가지지 않는 그야말로 목석같은 여자라는 것을 모르는 사람이 없을 정도였다.

한서영에게 관심을 가지고 있었던 레지던트나 수련의들도 한서영에게 접근했다가 모조리 퇴짜를 맞아서 소문이 아니라 팩트로 증명이 되었다.

최은지가 머리를 흔들었다.

"아니에요. 한서영 선생님이 얼마나 착하신 분인데요.

죽었던 나를……."

말을 하던 최은지가 자신이 말을 실수하고 있다는 것을 금방 깨닫고 입을 닫아버렸다.

정수길이 눈을 껌벅였다.

"그날 네 장례식장에서 만났던 것 외에 따로 한서영 선생을 만난 적이 있었니?"

최은지가 머리를 흔들었다.

"아, 아니에요. 그냥 그 언니가 너무 예뻐서 존경하는 마음이 생긴 것뿐이에요."

"그래?"

정수길이 머리를 갸웃했다.

"그럼 나가볼게요. 다음 주에 다시 올게요 선생님."

"그래."

최은지가 정수길에게 다시 인사를 꾸벅하고 몸을 돌렸다.

자신의 방을 나가는 최은지의 뒷모습을 보며 정수길이 눈을 깜박였다.

정수길이 혼잣말로 중얼거렸다.

"저 아이가 뭔가를 감추고 있는 것 같은데……."

정수길은 본능적으로 최은지가 무언가를 감추고 털어놓지 않고 있다는 것을 느꼈다.

진료실을 나온 최은지는 앞의 의자에 엄마와 아빠가 나

란히 앉아 있는 것을 보며 하얀 이를 드러내며 웃었다.

"엄마, 아빠."

딸이 진료실에서 나오는 것을 본 최은지의 아빠 최선동이 급하게 자리에서 일어섰다.

"뭐라고 하시더냐?"

최선동은 딸이 검사를 위해서 일주일에 한 번씩 병원에 들를 때마다 행여 딸의 몸에 이상이 있지 않는지 노심초사했다.

그 역시 딸이 아파트 앞 차가운 아스팔트 바닥에 쓰러져 있었던 참혹한 모습을 너무나 생생하게 기억하고 있었다.

그 때문에 지금 다시 살아난 딸의 몸에 당시의 그 눈으로 볼 수조차 없었던 충격이 남아 있지 않을지 걱정되었다.

최은지가 머리를 흔들었다.

"전혀 이상이 없다고 하셨어."

"다행이구나."

최선동이 자신의 딸 최은지의 머리칼을 손으로 쓰다듬었다.

최은지의 엄마인 박은정도 최은지의 손을 꼭 잡으며 입을 열었다.

"조금이라도 어디 아픈 곳이 있으면 꼭 말해야 한다. 감추려고 하면 절대 안 돼. 알겠지?"

박은정은 너무나 처절하게 부서져 버렸던 소중한 딸이

이렇게 멀쩡한 몸으로 다시 자신의 품으로 돌아온 것에 아직도 꿈을 꾸는 느낌이 들었다.

최은지가 잠이 들면 몰래 딸의 방으로 들어가 잠든 딸을 만지며 실체를 확인하는 버릇까지 생길 정도였다.

최선동이 검사를 마치고 나온 딸의 등을 토닥거리며 입을 열었다.

"오랜만에 나왔으니 아빠가 냉면을 사주마. 냉면이나 먹고 들어가자."

최선동은 딸이 다니던 장안여고를 포기하고 집과 학원에서 공부를 하며 독학으로 대학진학 준비를 하는 것이 안타까웠다.

아빠의 말에 최은지가 환하게 웃었고 그런 최은지의 손을 엄마 박은정이 꼭 쥐고 있었다.

다시 찾은 딸 최은지는 이제 두 부부에게는 그야말로 너무나 소중한 보물과 같았다.

잠시라도 눈에서 떨어지게 하고 싶지 않은 두 사람이었다.

최은지와 최선동 그리고 박은정이 이내 엘리베이터가 있는 곳으로 걸음을 옮겼다.

9월 말이긴 하지만 아직도 더운 날씨가 이어지고 있었기에 외식으로 냉면을 먹기에는 참으로 좋은 날씨였다.

“씨발, 그럼 주소라도 가르쳐주든가.”

세영대학병원 외래환자 접수처의 앞에서 황당한 소동이 벌어지고 있었다.

두 명의 검정색 양복을 걸친 사내가 진료접수를 하려던 외래환자들이 접수창구로 접근하는 것을 막았다.

그리고 다른 한 명의 사내가 접수창구를 담당하고 있는 여직원에게 낮은 목소리로 으르렁거리고 있었다.

접수창구 여직원의 안색은 하얗게 질려 있었다.

“우, 우리는 몰라요 고객님.”

여직원은 곰처럼 생긴 사내가 윽박을 지르고 있는 지금의 상황이 너무나 무섭고 두려웠다.

여직원을 윽박지르고 있던 검은 양복차림의 곰 같은 체격을 가진 사내가 다시 입을 열었다.

“그럼 어떤 놈을 만나야 한서영이의 주소를 알 수가 있는 거야?”

검은색의 양복을 걸친 사내는 접수창구에서 세영대학병원의 내과인턴인 한서영에 관한 정보를 요구했다.

“그건…….”

내과인턴으로 근무하는 한서영의 정보는 병원총무처를 통해 알아보든가 아니면 내과를 담당하고 있는 내과과장인 김철민 교수를 통해 알아보는 것이 빠를 것이다.

하지만 그 말도 할 수가 없을 정도로 사내의 얼굴은 무섭고 두려웠다.

그때 병원본관 접수처에서 일단의 사내들이 소동을 피운다는 연락을 받은 병원 경비직원들이 달려왔다.

"뭡니까?"

"여기서 뭐하는 짓입니까?"

세영대학병원의 경비직원들은 접수처 앞에서 벌어지고 있는 너무나 황당한 모습에 당황한 얼굴로 달려들었다.

접수처의 여직원을 윽박지르던 검은 양복차림의 곰 같은 사내가 이를 악물었다.

"아, 시발. 한서영이의 주소 좀 가르쳐 달라는데 왜 이렇게 빡빡하게 굴어?"

양복차림의 곰 같은 사내는 병원에서 소동을 일으키는 것이 좋지 않은 일이라는 것은 알고 있었지만 악귀 같은 권휘의 손에 당하는 것보다는 차라리 이렇게 소동이라도 일으켜 한서영의 주소를 알아내는 것을 선택했다.

한서영이 병원에서 징계처분을 받아 병원으로 출근하지 않고 있다는 것을 미리 알아내지 못한 것이 지금의 상황을 만들었다.

병원경비직원이 외래 진료객 접수처에서 소동을 일으키고 있는 사내들을 에워쌌다.

"정숙해야 할 병원에서 지금 뭐하는 짓입니까? 당신들 눈에는 아파서 치료를 기다리는 환자들이 보이지도 않습니까?"

50대 후반의 경비직원이 곰 같은 덩치의 검은색 양복을 걸친 사내들을 밀어냈다.

환자가 아닌 병원 측의 경비직원들이 한꺼번에 몰려나오자 접수처에서 소동을 일으키는 사내들이 밀려나기 시작했다.

"아! 시발. 꼭 알아야 하니 한서영이의 주소나 좀 가르쳐달라고."

경비직원들에 의해 강제로 떠밀려 나가는 우악스러운 덩치의 사내가 큰 소리로 소리쳤다.

이대로 돌아가면 권휘의 손에 당할 것이 두려워서였다.

접수처의 소동을 보고 있던 외래진료를 위해 찾아온 환자나 손님들이 술렁였다.

"한서영이 누구야?"

"뭐야? 병원에서 왜 여자 주소를 알려고 그래?"

"여기 병원 직원 중 한 명이 한서영인가?"

"쯧! 한서영이라는 여자가 뭔 짓을 했기에 저래?"

그들은 한서영이 이곳 세영대학병원의 인턴으로 근무하는 여자의사라는 것은 꿈에도 생각하지 못했다.

결국 사내들은 한서영에 대해서 단 하나의 정보도 알아내지 못하고 병원의 로비에서 밀려나왔다.

사내들이 난감한 표정으로 병원의 로비를 바라보았다.

자신들을 밀어낸 병원 측 경비요원들이 굳은 얼굴로 병원의 입구를 가로막은 것이 보였다.

사내 한 명이 이마를 찌푸리며 옆쪽의 동료를 바라보았다.

"야, 진구야. 이거 어떡하지? 이대로 돌아가면 작은 사장님이 가만히 있지 않을 것 같은데……."

한서영을 잡아오라는 지시에 문제없다고 자신있게 대답하고 나선 그들이었다.

진구라는 이름으로 불린 덩치 큰 사내가 난감한 얼굴로 머리를 긁었다.

그들은 이렇게 허무하게 돌아가게 되면 권휘가 가만히 있지 않을 것 같아 두렵기만 했다.

주먹질 한 번에 사람의 머리통이 부서져 나갈 정도로 엄청난 힘을 가진 권휘였다.

그런 권휘의 주먹이 자신들의 머리에 떨어질 것 같아 오금이 저릴 정도로 공포심을 느꼈다.

진구라 불린 사내가 중얼거렸다.

"시벌. 이럴 때 여기 근무하는 간호원이라도 한 명 알아두는 건데… 아는 건 죄다 술집계집들뿐이니."

진구라는 사내가 중얼거리자 세 명의 사내 중 약간 덩치가 작은 사내가 갑자기 머리를 들었다.

"아! 맞다. 종현이 조카가 세영대학교에 다닌다고 하지 않았나?"

덩치 작은 사내의 이름은 김명종이었다.

인천 태명회의 하부말단 조직원이지만 태명회의 회장 박태명이 부산의 해진에게 당하고 머리를 숙이고 들어가면서 자연스럽게 부산의 부영회 인천지파 소속으로 변하게 되었다.

운전을 잘하고 서울지리에 밝다는 이유로 이번 해진과 권휘의 서울방문에 두 사람의 수행원역 할로 선발되었다.

김명종의 말에 함께 해진과 권휘의 수행자로 선발된 이진구가 눈을 크게 떴다.

"맞아. 종현이 시발놈이 지 조카가 세영대학교에 다닌다고 자랑했었지."

세영대학은 대한민국에서도 최상위의 수재들이 입학하는 대학으로 세영대학 학생인 것만으로 자랑거리가 될 정도였다.

이진구가 김명종을 보며 입을 열었다.

"종현이에게 전화해서 지 조카가 세영대학교 의대나 간호학과에 아는 친구가 있는지 물어보라고 해. 여기 세영대학병원에 아는 사람이 있으면 더 좋겠지."

"아, 알았어."

김명종이 급하게 품에서 전화기를 꺼내었다.

전화를 걸어야 할 상대는 같은 태명회 조직원이었던 구

종현이라는 친구였다.

전화기 속의 번호를 찾아야 했기에 마음이 급해서 이마에 땀방울이 맺혔다.

시간이 지체되면 될수록 작은사장인 권휘에게 혼이 날 가능성이 더 커질 것이란 것을 알고 있었기 때문이다.

이내 번호를 찾은 김명종이 번호를 누르고 전화기를 귀로 가져갔다.

띠리리리릿—

전화기 속에서 발신음이 마치 자신의 마음처럼 다급하게 울리는 느낌이 들었다.

따가운 오후의 햇살이 세영대학병원의 본관 앞으로 쏟아지고 있었지만 세 명의 사내들 모두 그늘을 찾아 따가운 햇살을 피할 생각도 하지 않았다.

"좀 늦는 것 같군 그래."

따가운 햇살이 쏟아지는 아스팔트가 깔린 주차장에 서 있던 해진이 힐끗 세영대학병원의 본관 쪽을 바라보았다.

주차장에서는 세영대학병원의 본관 입구가 보이지 않고 본관 쪽으로 꺾어지는 모퉁이만 보일 뿐이다.

다만 주차장에서는 세영대학병원의 영안실과 장례식장으로 통하는 통로와 마주하게 되는 위치였다.

권휘가 이마를 찌푸리며 대답했다.

"병원이 넓다 보니 그 한서영이라는 계집을 찾는 것에 조금 시간이 걸리는 모양입니다. 아버지."

"……."

해진은 아무 말도 하지 않았다.

다만 이렇게 햇살을 받고 서 있으면 천공불진을 열면서 자신의 몸에 후유증처럼 박혀들었던 한기가 조금은 누그러드는 느낌이었다.

삼복의 더위에도 긴 옷을 입어야 하는 해진으로서는 무량기를 운공하지 않아도 지금처럼 한기가 약간은 사라지는 햇살이 좋았다.

다만 이렇게 햇살을 받고 서 있으면 마치 물에 젖은 가죽옷을 입고 말리는 것처럼 자신의 피부가 옥죄어 오는 느낌을 감수해야 했다.

그 때문에 오랜 시간을 햇빛 속에서 서 있을 수가 없었다.

해진이 긴 소매에 가려져 있던 손을 들어올렸다.

손등을 살펴보자 이내 거미줄 같은 실주름이 만들어진 것이 들어왔다.

해진의 미간이 좁혀졌다.

"쯧! 망할놈의 몸뚱이 변하는 것이 없군 그래."

권휘가 아버지 해진이 중얼거리는 소리를 듣고는 이내 이마를 좁혔다.

"계집을 데려오는 것에 조금 시간이 걸릴 것 같으니 차라리 차에서 기다리는 것이 좋을 것 같습니다 아버지."

더운 날이었지만 차에서 히터를 틀고 앉아 있는 것이 해진에게는 더 편했다.

해진이 암울한 시선으로 하늘을 바라보았다.

"천한 놈에게서 천명을 뺏어 내 손에 쥐는 날 나의 천형도 끝나게 될 거다. 망할놈의 하늘아."

낮게 말한 해진이 몸을 돌렸다.

해진과 권휘를 수행하는 부영회의 부하가 재빨리 해진이 타는 롤스로이스의 문으로 달려갔다.

이렇게 더운 날에도 히터를 틀어놓고 있어야 하는 그로서는 차에 타는 것이 무엇보다 고역이었다.

아버지 해진을 곁에서 수행하는 권휘는 무량기를 이용해서 차의 히터에서 밀려나오는 열기를 막을 수가 있었지만 해진과 권휘를 수행하는 부영회의 수하는 그야말로 죽을 지경이었다.

더구나 해진의 전용차는 차 중에서도 최고의 차라고 할 수 있는 롤스로이스였기에 히터의 성능도 최고였다.

여름에 해진이 움직일 때는 그야말로 찜통 속에서 수행하는 고역을 반복하고 있었다.

하지만 해진과 권휘가 얼마나 무서운 사람들인지 알고 있는 그로서는 그야말로 찍소리도 내지 못하고 고스란히

그 열기를 감당할 수밖에 없었다.
막 차로 이동하던 해진이 우뚝 발걸음을 멈추었다.
해진의 눈이 새파랗게 변했다.
"이건……."
권휘도 느낀 것인지 놀란 눈으로 머리를 들어올렸다.
"아버지 이건……."
권휘의 얼굴에도 놀라운 표정이 역력했다.
해진이 굳은 얼굴로 중얼거렸다.
"크진 않지만 무량기의 기운이 담겨 있어. 어디서 이런……."
해진이 자신의 무량기가 감지한 또 다른 무량기를 향해 머리를 돌렸다.
그의 시선에 한 명의 어린 소녀와 소녀의 손을 다정하게 잡은 중년부부의 모습이 들어왔다.
권휘가 중얼거렸다.
"무량기의 기운이 저 작은 꼬맹이 계집아이에게서 느껴집니다."
권휘가 바라보는 소녀는 좀 전에 정수길에게 진료를 받고 병원을 나서서 주차장으로 들어서고 있는 최은지와 그 가족들이었다.
해진의 눈이 새파랗게 타올랐다.
"꼬맹이 계집아이의 몸속에 무량기의 기운과 함께 천명

의 기운이 모두 담겨 있어."

순간 권휘의 얼굴이 굳어졌다.

"천명의 기운도 감지할 수 있습니까?"

해진이 서늘한 얼굴로 이를 드러내며 웃었다.

"예전에 동하 그 아이가 자신의 여동생을 살렸을 때 한번 느꼈지. 고마청에서 뛰쳐나온 군마의 발굽에 채여 얼굴이 모두 부서진 여동생이었는데 그놈이 살려냈다. 그때 천명의 기운이 어떤 것인지 알 수 있었다. 그리고 그놈에게 천명의 권능이 심어져 있다는 것도 그때 알게 된 것이고."

"아!"

권휘의 입이 살짝 벌어졌다.

해진이 이를 악물었다.

"해원사형이나 해진사제가 그 천한 놈을 빼돌리지 않았다면 당시에 천명의 권능은 고스란히 내 것으로 만들 수가 있었을 것을… 어쨌건 여기서 다시 천명의 기운을 느끼게 되다니 새로운 느낌이 드는군. 쿡쿡."

해진이 엄마와 아빠의 손을 잡고 다정한 모습으로 주차장으로 들어서고 있는 최은지를 물끄러미 바라보았다.

해진이 입을 열었다.

"저 꼬맹이 계집을 데려오너라."

"알겠습니다. 아버지."

권휘가 낮게 대답하며 이내 몸을 돌렸다.

권휘의 두 눈 깊은 곳에서 녹색의 빛이 피어올랐다가 천천히 사그라들었다.
그로서는 아버지가 수없이 언급한 천명의 기운을 담고 있는 어린소녀 최은지가 너무나 새롭게 보였다.

딸 최은지를 데리고 아내와 함께 주차장으로 들어서던 최선동의 얼굴이 굳어졌다.
주차장의 한켠에서 갈색의 가죽재킷을 걸친 젊은 남자가 이쪽을 향해 성큼성큼 다가오는 것을 발견한 것이다.
얇은 가죽재킷이었지만 지금과 같은 철에는 잘 어울리는 옷차림이 아니었다.
가죽재킷의 안에는 목이 드러나는 라운드형 티셔츠를 걸쳤고 티셔츠 위로 드러난 목에는 제법 굵고 반짝이는 금목걸이가 걸려 있었다.
약간 콧날이 매섭고 머리칼은 짙은 흑색의 사내의 걸음걸이는 가벼웠다.
최선동이 바라보고 있는 사내는 최은지를 향해 걸어오는 권휘였다.
이내 권휘가 최은지의 앞을 막아섰다.
최은지가 놀란 얼굴로 권휘를 올려다보았다.
최선동이 굳은 표정으로 권휘를 바라보며 물었다.
"무슨 일입니까?"

권휘는 최선동의 말에 대답하지 않고 최은지를 향해 입을 열었다.

"이름이 뭐지?"

최은지의 눈이 커졌다.

권휘를 바라보고 눈이 마주치는 순간 알 수 없는 압박감을 느끼게 되었다.

"아저씨는 누구세요?"

최은지의 말에 권휘가 이를 드러내며 웃었다.

그때 딸의 앞을 가로막은 권휘를 보며 최은지의 엄마 박은정이 나섰다.

"지금 뭐하는 거예요? 당신 누구예요."

박은정은 자신도 모르게 최은정을 자신의 몸으로 막아섰다.

권휘가 싱긋 웃으며 박은정의 뒤에 서 있는 최은지를 보며 입을 열었다.

"혹시 김동하라는 이름을 들어본 적이 있느냐?"

순간 최은지의 눈이 커졌다.

"아저씨가 어떻게 그분을 아세요?"

최은지에게 부모님 외에 죽을 때까지 잊을 수 없는 이름이 있다면 김동하와 한서영일 것이다.

그리고 자신의 입으로 김동하라는 이름은 절대로 언급한 적이 없었다.

엄마와 아빠에게도 비밀로 감추고 있었던 김동하라는 이름이 권휘에게서 흘러나오자 놀란 최은정의 안색이 변했다.

권휘가 하얗게 이를 드러내며 웃었다.

"쿡! 역시 알고 있구나."

권휘의 눈 속 깊은 곳에서 좀 전에 최은지를 향해 걸음을 옮길 때 보았던 녹색의 불길이 타오르기 시작했다.

최은지가 권휘의 눈과 마주치는 순간 몸에서 무언가 거부감이 드는 것을 느꼈다.

김동하로부터 천명의 권능을 돌려받아 다시 살아난 이후부터 단 한 번도 느껴보지 못했던 이질적인 감각이었다.

순간 최은지가 자신도 모르게 권휘의 앞에서 주춤 물러섰다.

딸과 낯선 사내의 대화를 듣고 있던 최선동과 박은정이 이마를 찌푸렸다.

"당신 누구야? 내 딸에게 지금 뭐하는 짓이야?"

최선동은 처음 보는 권휘가 마치 자신의 딸을 알고 있는 듯한 태도를 보이자 순식간에 권휘에 대한 경계심이 들었다.

권휘가 웃으며 입을 열었다.

"곧 알게 될 테니 재촉하지 않아도 된다. 해치려는 것이 아니니까 호들갑 떨 필요도 없어."

30대 후반 정도의 모습인 권휘였기에 40대의 최선동보다 젊어 보였지만 권휘는 최선동에게 절대로 말을 높이지 않았다.

권휘의 안하무인인 어투에 최선동이 얼굴을 굳혔다.

뭔지 모르지만 권휘의 어투에서 묘한 위축감을 느꼈기 때문이다.

박은정은 그런 것을 느끼지 못한 것인지 자신의 몸 뒤로 최은지를 감추었다.

권휘의 시선이 최선동과 박은정을 천천히 훑어보다가 이내 박은정의 뒤에 서서 놀란 모습으로 자신을 바라보고 있는 최은지와 시선을 마주쳤다.

권휘가 놀란 얼굴로 눈을 동그랗게 뜨고 있는 최은지를 보며 다시 입을 열었다.

"김동하와 언제 만나게 된 것인지 말해 주겠느냐?"

최은지가 물었다.

"아저씨는 누구예요? 어떻게 그 오빠를 아세요?"

최은지는 김동하와 한서영을 만나 다시 천명을 돌려받음으로 인해서 마음속으로는 오빠와 언니라고 생각하고 있었다.

그것을 자신의 입으로 털어놓는 것은 지금이 처음이었다.

권휘가 빙긋 웃었다.

"오빠? 크큭 동하 그 아이를 두고 오빠라고 했느냐?"
권휘의 입가에 말로 표현하기 힘든 섬뜩한 미소가 떠올랐다.
최은지의 눈에 확실하게 경계의 표정이 떠올랐다.
처음 보는 사람이 자신이 김동하를 만났다는 것을 알고 있는 것이 수상했다.
아무도 없이 시신으로 안치되어 있었던 영안실에서 자신이 김동하를 만났다는 것을 알고 있는 사람이라면 김동하 본인과 언니로 생각하고 있는 한서영과 자신뿐이다.
그 외 알고 있는 존재가 있다면 유령이거나 신일 것이다.
최은지가 굳은 얼굴로 권휘를 바라보았다.
최은지는 가슴 한쪽이 서늘해지는 느낌이었다.
권휘를 바라보는 것만으로도 무언가 가까이 해서는 안 될 사악하고 나쁜 기운과 대면하는 듯한 느낌이었다.
권휘가 이를 드러내며 하얗게 웃었다.
"내가 누구인지 궁금한 것이냐?"
최은지가 큰 눈을 깜박이며 권휘의 얼굴을 바라보았다.
못생긴 얼굴은 아니지만 마치 긴 혀를 날름거리는 뱀의 머리와 대면한 듯 섬뜩했다.
권휘가 잠시 눈을 깜박이며 최은지를 바라보다 입을 열었다.
"굳이 동하 그 아이와 나와의 관계를 설명하자면 그놈과

나는 형제와 같은 사이라고 할 수가 있겠지."

권휘의 말에 최은지의 표정이 딱딱하게 굳어졌다.

"형제라고요?"

"그래."

권휘가 머리를 끄덕였다.

대답을 한 권휘가 이마를 찌푸렸다.

어린 소녀에게 한가하게 자신과 김동하와의 관계를 설명하고 있는 지금의 시간이 지루했다.

더구나 아버지인 해진의 급한 성격을 알고 있기에 한가하게 자신의 신분을 가지고 대화를 나누는 것이 거북해졌다.

권휘가 입을 열었다.

"잠시면 된다. 널 만나고 싶어 하는 분이 계신다. 오래 지체하지 않을 것이니 그분을 만나보지 않겠느냐?"

최은지가 눈을 깜박이며 물었다.

"누군데요?"

"나의 부친이다. 참고로 동하 그 아이에게는 사숙, 아니 숙부와 같은 분이시다."

권휘는 이곳에서 사부와 사숙의 관계를 모르는 사람들이 많다는 것을 알고 있었다.

최은지가 눈을 동그랗게 떴다.

"오빠의 숙부님이라고요?"

"그래. 그분께서 잠시 너에게 무언가를 확인하고 싶어하신다."

그때 최선동이 최은지를 보며 놀란 얼굴로 물었다.

"지금 무슨 말을 하고 있는 거니? 김동하라는 사람이 누구며 왜 그 사람을 오빠라고 불러?"

최선동은 딸이 자신도 모르는 낯선 이름의 남자를 알고 있다는 사실에 놀랐다.

최은지가 아빠인 최선동을 올려다보았다.

"나중에 설명 드릴게요. 아빠."

"허허 이것 참."

듣고 있던 어머니 박은정도 놀란 얼굴로 최은지를 바라보았다.

"너 뭐 감추고 있는 게 있니?"

박은정도 딸이 자신도 모르는 낯선 남자의 이름을 언급하며 오빠라고 호칭하는 것에 놀랐다.

최은지가 머리를 흔들었다.

"아니야. 엄마. 좀 이따가 설명해 줄게."

최은지는 주차장 한가운데서 자신의 천명을 돌려준 김동하와 한서영에 대해서 부모님께 설명할 생각은 없었다.

그때였다.

"네가 동하로부터 천명을 돌려받았느냐?"

굵직하고 낮은 음성이었다.

최은지가 눈을 크게 뜨자 권휘의 뒤에서 이상한 복장을 한 중년남자가 모습을 드러냈다.

긴 소매의 옷이 어울리지 않는 더운 날이었지만 마치 가을이나 초겨울에 입어야 어울릴 것 같은 트랜치 코트를 걸친 해진이었다.

권휘는 아버지 해진이 기다리지 않고 이렇게 직접 최은지를 찾아왔다는 것에 아쉬운 듯한 미소를 머금었다.

최은지가 놀란 얼굴로 해진을 바라보았다.

거의 살이 없는 얼굴은 깡말랐지만 그럼에도 해진의 얼굴에서 기묘한 압박감을 느꼈다.

동시에 자신의 머릿속을 해진이 거울을 보듯 들여다보는 느낌이 들었다.

"엇!"

최은지의 입에서 자신도 모르게 낮은 비명이 흘러나왔다.

최은지가 하얗게 질린 얼굴로 해진을 바라보자 해진의 눈이 번득였다.

한순간 최은지는 마치 온몸의 힘이 단 한 줌도 남지 않고 빠져나가는 느낌이 들었다.

해진이 최은지의 눈을 빤히 바라보다가 머리를 끄덕였다.

"동하 그 아이가 심어놓은 무량기와 천명의 기운이 확실하구나. 오래전의 그 기운과 하나도 달라진 것이 없어. 이런 느낌은 오랜만이군 그래."

자신이 알고 있는 천명의 기운이 가진 감각을 너무나 확실하게 느껴지고 있었기에 해진이 처음으로 입가에 미소를 띠었다.

해진은 만족한 듯 머리를 끄덕이며 다시 한번 최은지의 몸속에 새워진 기운들을 세세하게 살폈다.

최은지는 김동하에게 천명을 돌려받으면서 김동하가 가진 무량기의 기운까지 함께 넘겨받았기에 해진이 펼치는 무량기에 저절로 동화되고 있었다.

그 때문에 해진의 눈길을 피하지도 못했고 자신의 몸에서 무량기가 빠져 나가는 듯한 상실감을 느껴야 했다.

최은지의 몸이 파르르 떨렸다.

딸이 몸을 가늘게 떨자 최은지의 아빠인 최선동과 어머니 박은정이 해진을 보며 자신들도 모르게 최은지를 감싸안았다.

"지, 지금 뭐하는 것이요?"

최선동은 권휘와는 달리 해진의 나이가 자신과 비슷한 또래쯤으로 보였다.

하지만 기괴한 옷차림과 해진의 몸에서 자연스럽게 흘러나오는 서늘한 기운으로 인해서 긴장하고 있었다.

해진의 시선이 최선동을 향했다.

"자신의 딸이 천명을 돌려받은 기연을 만났다는 것은 모르고 있군?"

나직하게 중얼거리는 해진의 말을 최선동이나 박은정은 이해하지 못했다.

다만 최은지는 해진의 말이 무슨 뜻인지 너무나 잘 알고 있었다.

해진이 최은지를 보며 손을 내밀었다.

"네 손을 잠시 나에게 보여주겠느냐?"

억양의 높낮이가 일정한 담담한 말이었지만 최은지는 전혀 거부할 수가 없었다.

최은지가 자신도 모르게 해진의 손 위에 가늘게 떨고 있는 자신의 왼손을 내밀었다.

그것을 바라보고 있던 최은지의 어머니인 박은정이 딸의 손을 잡아챘다.

탁.

"은지야, 너 지금 뭐하는 거니?"

아무리 개방적이 세상이라고 해도 정체도 알지 못하는 처음 보는 남자에게 천금보다 소중한 딸이 함부로 손을 내미는 것은 두고 볼 수가 없는 박은정이었다.

최은지가 굳은 얼굴로 엄마인 박은정을 올려다보며 입을 열었다.

"엄…마, 나 괜찮아."

최은지의 안색은 창백했지만 말소리는 또렷했다.
박은정이 이를 악물었다.
"안 돼. 그리고 이 사람들 누구니?"
최은지가 대답했다.
"오빠랑 아는 사람들이야."
"뭐?"
박은정이 눈을 크게 떴나.
또다시 딸 최은지의 입에서 오빠라는 호칭이 흘러나오자 박은정의 몸이 굳어졌다.
최선동도 놀란 얼굴로 최은지를 바라보며 눈을 껌벅였다.
더불어 딸 최은지가 말하는 오빠라는 존재가 누군지 반드시 알아내고 싶었다.
지켜보고 있던 해진이 입을 열었다.
"그대들의 딸에게 천명의 권능을 통해 새로운 생명을 돌려준 게 동하라는 아이지. 나에겐 자식과 같은 놈이고 그대들의 딸이 지금 오빠라고 부르는 아이가 그놈이다."
해진의 말에 최선동과 박은정의 몸이 굳어졌다.
비통하게 죽어간 딸이 영안실에서 신을 만나 다시 살게 되었다고 말했지만 그 신의 존재를 딸이 오빠라는 호칭으로 부르고 있는 것을 그제야 알게 된 것이다.
"으, 은지야."

"이게 무슨 말이냐?"

최은지가 굳은 얼굴로 대답했다.

"나중에 모두 다 말해줄게 아빠, 엄마."

"세상에……."

"이게 무슨……."

딸의 대답을 들은 최선동과 박은정이 눈을 찢어질 듯 부릅뜨며 입을 벌렸다.

해진이 다시 입을 열었다.

"이리 손을 내밀어 보겠느냐?"

해진이 다시 최은정에서 자신의 손을 내밀자 엄마의 손에서 손을 뺀 최은지가 해진의 손에 자신의 왼손을 올렸다.

최은지로서는 절대로 하고 싶지 않은 일이었지만 무슨 까닭인지 몸속의 기운이 움직여 저절로 해진에게 손을 내밀게 되었다.

해진의 눈빛이 차갑게 가라앉았다.

어린 소녀의 손이었기에 부드러운 살결에서 따스한 온기가 느껴지고 있었다.

최은지의 손을 잡은 해진의 눈에 시퍼런 녹광이 한순간 용암처럼 끓어오르기 시작했다.

해진의 손이 최은지의 손을 꽉 움켜쥔 것도 아니었다.

보는 사람들의 눈에는 그저 가볍게 살짝 쥐고 있는 것으로 보였지만 정작 최은지의 몸은 작살을 맞은 고기처럼 파르르 떨었다.

"은지야."

"꺅! 지금 뭐하는 거예요?"

최선동과 박은정이 딸이 몸을 떠는 것을 느끼자 딸의 손을 해진의 손에서 빼내려 했지만 좀처럼 딸의 손이 해진의 손에서 떨어지지 않았다.

최은지의 입에서 자신도 모르게 신음소리가 흘러나왔다.

"아!"

최은지는 너무나 강력한 기운이 자신의 몸속을 휩쓰는 것을 느끼며 저절로 비명을 질렀다.

최은지의 손을 잡고 있는 해진의 어금니가 꾸욱 깨물어졌다.

해진의 미간이 시뻘겋게 달아오르며 삽시간에 이마에 땀방울이 맺혔다.

"끄응."

결국 해진의 입에서 나직한 탄성이 흘렀다.

해진은 자신이 가진 무량기로 최은지의 몸속에 채워진 천명의 기운을 빼내려고 했다.

하지만 어떻게 된 것인지 무량기를 극성으로 운용해도 최은지의 천명은 전혀 움직이지 않았다.

마치 거대한 산 하나가 최은지의 몸속에 박혀 있는 듯 천명의 기운은 말 그대로 요지부동이었다.

해진의 눈에 실망하는 기색이 역력했다.

해진이 결국 최은지의 손을 놓으며 뒤로 한걸음 물러섰다.

해진의 손에서 벗어난 최은지가 그제야 편한 느낌이 든 것인지 창백한 얼굴로 손을 뒤로 빼냈다.

급격하게 죄어오던 압박감에서 벗어난 최은지가 하얗게 질린 얼굴로 재빨리 최선동과 박은정의 몸 뒤로 몸을 숨겼다.

그 모습을 아쉬운 표정으로 바라보던 해진의 얼굴에 실망감이 떠올라 있었다.

잠시 숨을 고른 해진이 창백한 얼굴로 몸을 가늘게 떨고 있는 최은지를 보며 물었다.

"동하를 만난 것이 언제였는지 말해주겠느냐?"

최은지의 눈이 흔들리고 있었다.

"하, 한 달 전……."

말을 하려던 최은지의 말을 해진이 끊었다.

"아니다. 너에게서 천명을 확인한 것으로 충분하니 굳이 그것을 알아야 할 이유는 없겠지."

최은지의 말을 끊은 해진이 이내 다른 것을 물었다.

"동하가 한서영이라는 이곳에서 의녀로 일하는 젊은 처

자와 함께 있는 것은 맞느냐?"

"네."

최은지는 마치 최면이 걸린 듯 해진이 묻는 말에 고분고분 대답했다.

영안실에서 김동하와 한서영이 함께 있는 모습을 보았기에 그렇다고 대답한 최은지였다.

해진이 다시 물었다.

"지금 그 한서영이라는 의녀가 이곳에 있느냐?"

잠시 멈칫한 최은지가 고개를 저었다.

그것은 해진에게는 참으로 기묘한 상황을 만들어냈다.

만약 해진이 최은지에게 한서영이 지금 어디에 있는지 물었다면 상황은 달라졌을 것이다.

해진의 물음을 거역하지 못하는 최은지는 지금 한서영이 외국에 머물고 있다고 말해 줄 것이고 그것은 해진으로서는 뜻밖의 정보가 될 수 있었다.

하지만 한서영의 현재 위치를 묻는 것이 아닌 이곳에 있는지 그것을 물었기에 최은지로서는 없다고 대답한 것이다.

그때였다.

세영대학병원의 본관 쪽에서 한서영을 데려오라고 보낸 사내들이 급하게 주차장으로 들어오는 것이 보였다.

힐끗 부하들의 모습을 살핀 해진이 마지막으로 최은지에

게 다시 물었다.

"한서영과 동하가 살고 있는 곳이 어딘지 아느냐?"

최은지가 고개를 저었다.

"살고 있는 곳은 어딘지 몰라요."

"그래?"

해진이 서늘한 눈으로 잠시 최은지를 바라보다가 머리를 끄덕였다.

"알겠다. 이제 돌아가도 좋다."

해진이 딱딱하게 굳은 얼굴로 최은지와 대화를 나누고 있는 자신을 바라보고 있는 최선동과 박은정을 보며 입을 열었다.

"그대들의 딸은 동하 그놈이 전해준 천명의 힘으로 평생을 큰 탈 없이 넘길 수 있을 것이다. 난 잠시 그대들의 딸 몸속에 동하가 가진 천명이 전해진 것을 확인했을 뿐 다른 볼일은 없으니 날 그렇게 두려워하지 않아도 된다."

말을 마친 해진이 이내 몸을 돌렸다.

또다시 몸의 피부가 죄어오는 것을 느꼈기 때문이다.

권휘가 급하게 해진의 뒤를 따랐다.

"아버지."

"……."

아들 권휘의 부름에도 해진은 대답도 하지 않고 자신의 차로 돌아가고 있었다.

권휘가 잠시 아쉬운 듯 머리를 돌려 최은지를 바라보다가 이내 해진의 뒤를 따라 주차장 한쪽에 주차된 롤스로이스로 돌아갔다.

해진과 권휘가 돌아가자 최은지는 그제야 자신을 옥죄어오던 기묘한 압박감에서 해방이 된 듯 한숨을 불어냈다.

"후우~."

박은정이 급하세 물었다.

"도대체 이게 어떻게 된 일이니? 저 사람들은 누구며 네가 말한 그 오빠라는 사람은 또 누구야?"

어머니로서 속이 터질 듯 답답함을 느끼는 박은정이었다.

최은지가 아빠인 최선동과 어머니 박은정의 손을 잡으며 입을 열었다.

"아빠, 엄마! 빨리 가요. 가면서 다 말해줄게."

최은지는 또다시 해진과 권휘를 만나는 것이 너무나 싫고 두려웠다.

최선동이 굳은 얼굴로 머리를 끄덕였다.

"그, 그래."

최선동이 자신의 주머니에서 차의 키를 꺼내며 허둥거렸다.

그런 그들의 곁을 검은색의 양복을 걸친 인천 태명회의 부하들이 스쳐가고 있었다.

뒤쪽에서 걸어가던 사내 한 명이 힐끗 최은지 가족을 눈으로 살폈다.

주차장으로 들어오던 그들은 큰회장 해진과 작은사장 권휘와 무언가 대화를 나누고 있던 것을 발견했었기에 최은지의 가족을 살펴보는 것이다.

최선동이 재빨리 자신의 차에 올라타고 시동을 걸어 가족과 함께 급하게 세영대학병원을 떠났다.

그들이 떠난 세영대학병원의 주차장에는 초가을의 따가운 햇살이 아스팔트로 쏟아지고 있었다.

살랑—

정적이 감도는 세영대학병원의 주차장으로 가볍게 미풍이 불어왔다.

좀 전까지 최은지의 가족과 대화를 나누었던 자리에서 비릿한 냄새가 희미하게 느껴졌다.

그것은 상상할 수 없을 정도로 엄청난 힘을 가진 한 존재에게서 영원히 지워지지 않고 낙인처럼 박혀 있는 악의 향기라는 것을 누구도 알지 못했다.

파국(破局) (1)

쾅.

와장창—

뉴욕 맨해튼에 위치한 5번가 트럼프타워의 59층의 거실에서 무언가 부서져 나가는 소리가 들렸다.

뉴욕의 중심이라고 할 수 있는 센트럴파크가 한눈에 내려다보이는 트럼프 타워는 뉴욕에서도 웬만한 거부가 아니라면 엄두도 낼 수 없을 정도로 엄청난 고급아파트였다.

미국에서도 유명한 스타들이거나 거물급 정치인들이 거주하고 있는 곳으로 알려진 이곳은 입주자들만 통행할 수 있는 통로가 따로 만들어져 있었기에 외부인의 접근은 아예 원천적으로 차단되는 곳으로도 유명했다.

1층에서 7층까지는 세계적인 고급브랜드의 쇼핑샵이 들어서 있었고, 8층부터 24층까지는 사무실과 같은 비즈니스 공간이며, 25층부터 최상층인 69층까지는 입주자들의 개인 거주공간으로 구성되어 있었다.

맨해튼이 한눈에 내려다보이는 5번가 중심에 세워져 있었기에 뉴욕에 거주하는 엄청난 재력을 가진 부호들에게는 그야말로 최고의 선호도를 자랑하는 아파트로 알려져 있었다.

5번가 트럼프타워의 59층은 지금 난장판으로 변해 있었다.

안락해 보이는 의자가 옆으로 넘어져 있었고 창가에 놓인 테이블은 상판이 완전히 박살이 나 있었다.

거실의 한복판에는 넥타이의 매듭을 절반쯤 풀어버린 중년사내가 헝클어진 머리를 정돈할 생각도 없이 일그러진 얼굴로 벽 쪽을 쏘아보았다.

그의 뒤에는 30대 초반의 사내가 약간 기가 죽은 얼굴로 머리를 숙이고 있었다.

중년사내가 이를 악물고 벽 쪽에 한쪽만 붙어서 우측으로 기울어져 있는 액자로 장식된 한 장의 사진을 쏘아보고 있었다.

두 명의 남자가 다정한 모습으로 어깨동무를 한 채 정면을 보며 웃고 있는 사진이었다.

사진속의 두 사람은 현 레이얼 시스템의 회장인 토마스 레이얼과 토마스 레이얼 회장의 동생인 전 레이얼 시스템 부회장인 로빈 레이얼이었다.

두 사람의 사진은 꽤 오래전에 찍은 듯 지금과는 다르게 무척 젊은 모습이었다.

사진의 배경은 현재의 레이얼 시스템 본사가 위치한 곳이었다.

토마스 레이얼 회장이 레이얼 시스템을 창업하고 얼마 지나지 않아 동생과 함께 찍은 것으로 보였다.

로빈 레이얼이 헝클어진 머리칼을 쓸어 올릴 생각도 하지 않고 기울어진 사진 속에서 하얀 이를 드러내고 웃고 있는 형 토마스 레이얼 회장의 얼굴을 쏘아보고 있었다.

사진이 붙어 있는 벽 아래에는 깨어진 유리조각과 물건들이 지저분하게 떨어져 있었다.

이미 액자의 유리로 산산이 부서져 액자 속의 사진도 두 사람이 어깨동무를 하고 있는 부분이 찢겨졌다.

로빈 레이얼이 어금니를 깨물며 입을 열었다.

"날 이런 식으로 밀어낸 것을 반드시 후회하게 만들어 주겠어. 토마스."

으드득.

악물어진 입술 사이로 이를 가는 소리가 흘러나왔다.

로빈 레이얼의 뒤에 서 있는 30대의 사내는 아버지를 배경으로 레이얼 시스템의 인사권을 뒤 흔들어 놓았던 듀크 레이얼이었다.

듀크 레이얼의 얼굴은 창백했다.

평생 옷깃에 티끌 하나 붙어 있어도 그냥 넘기지 못할 정도로 병적인 결벽증을 가진 아버지 로빈 레이얼이었다.

하지만 지금의 아버지는 그야말로 만신창이가 된 모습이었다.

옷깃은 흐트러져 있고 머리칼은 수세미가 된 듯 헝클어졌다.

입고 있는 와이셔츠와 넥타이를 고정하는 핀은 이미 어디서 뽑힌 듯 빠져 있었고 소매를 고정시키는 커프스 링크도 왼쪽은 어딘가로 떨어져 나간 듯 보이지 않았다.

그뿐만 아니라 치미는 노기와 울화를 참지 못하고 스스로를 자학하는 듯 온 집안을 모두 부수었다.

그것도 모자라 어딘가를 후려친 것인지 주먹에 상처가 나 손가락을 타고 핏방울이 떨어지는 상태로 몸까지 떨고 있는 아버지를 보며 암담함을 너무나 처절하게 느끼는 중이었다.

"날 동생으로 대하지 않는다고 했지? 크 . 그래 나 역시 토마스 너를 형으로 대하지 않을 거야. 그리고 내 것을 꼭 되찾을 테니 단단히 준비해야 좋을 거다."

잇새로 말하는 로빈 레이얼의 눈에 시퍼런 살기가 감돌았다.

듣고 있던 아들 듀크 레이얼이 약간 주눅이 든 얼굴로 입을 열었다.

"아버지. 큰아버지가 저렇게 다시 살아나신 이상 우리로서는 방법이 없습니다."

순간 로빈 레이얼이 광기가 일렁이는 눈으로 듀크 레이얼을 쏘아보았다.

"방법이 없다고 했느냐?"

듀크 레이얼이 침울한 얼굴로 입을 열었다.

"저와 아버지가 해임한 임원들이 큰아버지의 지시로 모두 복직되었습니다. 그들은 이제 더 이상 아버지와 저의 지시를 받지 않을 것입니다. 더구나 큰아버지가 공식적으로 아버지를 해임한 이상 레이얼 시스템은 아버지의 명령을 듣지 않을 겁니다."

아들의 냉혹한 판단이었다.

로빈 레이얼이 차갑게 웃었다.

"흐흐 그럴까?"

로빈 레이얼의 눈이 희번덕거리고 있었다.

자신의 손에 들어왔다고 확신했던 레이얼 시스템의 모든 전권이 한순간에 전부 사라져 버렸다.

그것은 로빈 레이얼의 모든 것을 파괴시킬 정도로 충격

이 컸다.

레이얼 시스템은 기업브랜드 가치와 자산가치만 4,000억불이 넘는 엄청난 기업이었다.

전 세계를 통틀어 첨단시스템 설비브랜드로서는 세 개의 손가락 안에 들 정도였고 일부 시스템 설비분야에서는 톱브랜드로 꼽히고 있을 정도였다.

그런 엄청난 기업을 자신의 수중에 거의 전부 넣었다고 생각했던 순간 물거품처럼 사라지자 로빈 레이얼에게는 자신의 인생이 파괴된 느낌까지 안겨주었다.

듀크 레이얼은 달라진 아버지 로빈 레이얼의 얼굴을 보며 급하게 물었다.

"그럼 방법이 있단 말입니까?"

아들의 물음에 로빈 레이얼이 대답했다.

"일본의 구와정밀과 합의된 매각대금이 얼마였지?"

듀크 레이얼이 대답했다.

"일본에서 제안해 온 금액은 정확하게 3,790억불입니다. 중국의 국영기업체인 화신공사라는 곳에서는 우리가 제시한 4,000억불을 받아들이긴 했지만 인수합병 이후 은밀하게 리베이트 금액으로 300억을 요구하기에 실제적인 액수는 일본보다 작습니다."

듀크 레이얼은 자신이 레이얼 시스템의 매각을 진행하고 있었기에 누구보다 돈의 액수를 잘 알고 있었다.

로빈 레이얼이 싸늘한 미소를 머금었다.
"일본이나 중국 측과 다시 접촉해야 할 것 같다. 매각대금을 3,500억불로 낮춘다. 대신 그들이 해 줘야 할 일이 있지."
순간 듀크 레이얼의 눈이 커졌다.
"그럼?"
듀크 레이얼은 지금 아버지가 무슨 말을 하는 것인지 단번에 파악했다.
근 10년을 이곳 뉴욕 맨해튼에서 은행원으로 일했던 듀크 레이얼이다.
그 때문에 지금 아버지 로빈 레이얼이 무슨 의도를 가지고 있는 것인지 단번에 눈치챈 것이다.
로빈 레이얼이 웃었다.
"처음 토마스와 내가 레이얼 시스템을 설립하면서 나와 작성한 계약서가 있지. 아무리 토마스가 나를 밀어낸다고 해도 그 계약 내용은 변하지 않아. 그리고 아마 토마스는 그 계약에 관해서 잊고 있을 것이다."
듀크 레이얼이 눈을 깜박였다.
"그게 뭡니까?"
로빈 레이얼이 어금니를 깨물었다.
"레이얼 시스템을 설립할 때 토마스가 나를 부회장으로 지명하면서 레이얼 시스템의 운영권에 관해 건네준 것이 있다. 아마 토마스는 그것을 잊고 있을 것이다."

로빈 레이얼은 단 한 번도 토마스 레이얼 회장을 형이라는 호칭으로 부르지 않았다.

마치 토마스 레이얼 회장과 자신이 피를 나눈 형제가 아니라는 것을 스스로에게 새롭게 각인시키는 듯한 말투였다.

듀크 레이얼이 눈을 치켜떴다.

"아, 아버지."

듀크 레이얼은 그 순간 아버지 로빈 레이얼이 말한 의미가 무슨 뜻인지 단박에 알아차렸다.

듀크 레이얼의 머릿속에 몇 개의 문장이 떠올랐다.

제일 먼저 떠오른 것은 레이얼 시스템의 경영권에 대한 사규로 확정된 문구였다.

[레이얼 시스템의 창업주 토마스 레이얼 회장이 신상의 문제로 정상적인 업무를 수행할 수 없을 경우 토마스 레이얼의 지분을 레이얼 가문의 차남 로빈 레이얼에게 양도한다. 이 경우 로빈 레이얼은 레이얼 시스템의 차기 경영권자로 회장의 업무를 수행하며 모든 경영권한을 행사할 수 있다.]

이것은 큰아버지인 토마스 레이얼 회장이 혈액암 말기 상황에서 사망판정만 기다리던 중 너무나 멀쩡한 모습으

로 회복하기 전까지 로빈 레이얼이 레이얼 시스템의 전권을 가질 수 있었던 이유였다.

이미 레이얼 시스템 내부에서도 임원진을 포함한 말단사원들까지 혈액암 말기판정을 받은 토마스 레이얼이 회복이 불가능하다는 것을 받아들이며 임종을 피하지 못할 것이라고 체념하고 있었다.

그렇기에 당시 부회장의 신분이었던 로빈 레이얼이 자동적으로 차기 회장직을 승계할 것이라고 인정하고 있었다.

아직 토마스 레이얼 회장이 사망판정을 받지 않았음에도 회장직의 권한을 행사하고 있는 로빈 레이얼의 비정상적인 경영 방침에 항거를 할 수도 없었던 이유기도 했다.

그리고 그것으로 로빈 레이얼은 레이얼 시스템의 매각을 진행할 수 있는 권한을 가지게 된 것이다.

하지만 그것만이 전부가 아니었다.

로빈 레이얼에게는 다른 사람이 모르는 또 하나의 결정적인 패를 쥐고 있었다.

그것은 형 토마스 레이얼과 동생인 로빈 레이얼이 레이얼 가문의 형제로서 맺은 하나의 계약이었다.

[레이얼 가문의 현 가주 토마스 레이얼의 갑작스런 사망이나 실종으로 인한 변고가 발생할시 레이얼 가문의 모든 동산, 부동산, 금융권 자산 등 레이얼 가문에 대한 권한은

레이얼 가문의 차기 상속자인 로빈 레이얼에게 상속된다. 이 경우 로빈 레이얼은 차기 가주로서 레이얼 가문의 혈통을 보전하고 그들에 대해서 가주로서 책임을 져야 한다.]

토마스 레이얼 회장이 레이얼 시스템을 창업하고 나서 무슨 이유에서인지 로빈 레이얼과 은밀하게 맺은 계약이었다.

듀크 레이얼은 자신조차 잊고 있었던 큰아버지와 아버지의 레이얼 가문에 대한 계약을 이 순간에 떠올리며 너무나 섬뜩한 느낌이 들었다.

지금 아버지 로빈 레이얼이 무슨 생각을 하는지 한순간에 감을 잡았기 때문이다.

그리고 그것이 얼마나 사악한 생각인지 알고 있었기에 그의 눈빛이 흔들렸다.

로빈 레이얼이 아들 듀크 레이얼을 바라보며 나직하게 입을 열었다.

“일본의 구와정밀과 중국의 화신공사의 사람들과 빠른 시간 내에 만날 수 있는 자리를 만들어라. 시간은 빠를수록 좋겠지만 일본과 중국의 시간이 겹쳐서는 안 될 것이다.”

아버지의 말에 듀크 레이얼이 굳은 얼굴로 머리를 숙였다.

“알겠습니다.”

대답을 하는 듀크 레이얼의 안색은 무거워 보였다.

시기심과 상실감에 이성을 잃어버린 아버지는 단순히 형제의 연을 끊는 것이 아니라 천륜을 거스르는 생각을 하고 있다는 것이 온몸으로 느껴졌다.

자신이 가질 수 없으면 부숴버릴 정도로 집착이 심했던 사람이 바로 아버지 로빈 레이얼이었다.

아버지는 지금 기적적으로 다시 살아난 큰아버지 토마스 레이얼을 자신의 손으로 밀어내고 아버지 스스로가 레이얼 가문의 가주의 자리에 오를 생각인 것이다.

아버지를 닮아 냉혹하고 이기적인 심성을 가진 듀크 레이얼이었지만 지금 이 순간만큼은 아버지 로빈 레이얼이 무섭고 두렵다는 생각이 들었다.

그리고 그것이 얼마나 집요할 것인지 이미 짐작하고 있었다.

듀크 레이얼의 눈이 흔들렸다.

그때 다시 로빈 레이얼이 입을 열었다.

"일본과 중국 측에 다시 접촉을 하는 것도 중요하지만 그보다 먼저 해결해야 할 것이 있다. 어차피 내가 작심을 했으니 천천히 진행해도 달라질 것은 없으니 다른 문제부터 해결해야 내 화가 풀릴 것 같구나."

듀크 레이얼이 머리를 들었다.

"뭡니까?"

"토마스의 저택에 있던 그 동양원숭이 놈과 계집년부터

해결하는 것이 먼저다."

로빈 레이얼의 말에 듀크 레이얼의 표정이 굳어졌다.

"그 한국에서 왔다고 한 사내놈과 계집 말입니까?"

로빈 레이얼이 차가운 표정으로 머리를 끄덕였다.

"그래. 그 연놈들이 토마스를 그렇게 만들었다면 그 연놈들에게 어떤 재주가 더 있는지 알아보고 싶어졌어."

로빈 레이얼은 형의 혈액암을 고쳐낸 것뿐만 아니라 자신조차도 몰라볼 정도로 형 부부를 젊어지게 만들어 놓아 자신이 계획하고 있었던 모든 일들을 망쳐버린 김동하와 한서영이 괘씸하고 미웠다.

더불어 어떻게 그런 엄청난 의술을 가지고 있는 것인지 자신의 눈으로 확인하고 싶었다.

그리고 할 수 있다면 그들을 통해 자신도 형 토마스 레이얼처럼 젊어지고 싶다는 생각이 들었다.

듀크 레이얼이 인정한다는 듯이 머리를 끄덕였다.

"저 역시 그 연놈들을 다시 만나고 싶은 생각이 들었습니다. 특히 그 계집년은 꼭 다시 만나고 싶다고 생각했지요."

듀크 레이얼의 회색빛 눈이 번득였다.

그의 머릿속에 차갑고 도도한 모습으로 자신을 쏘아보던 너무나 이국적인 동양여인의 얼굴이 떠올랐다.

늘상 보아왔던 금발에 고양이의 눈을 가진 뇌쇄적인 서양여인과는 달리 잡티 하나 섞이지 않은 짙은 흑발에 오목

조목한 이목구비를 비롯해서 너무나 신선하고 새로운 느낌의 신비로운 분위기까지 풍기는 모습의 한서영이었다.

판타지 영화에 나오는 엘프 중 현세로 모습을 드러낸 여인이 있다면 어쩌면 그것이 한서영일 것이라고 생각했다.

로빈 레이얼이 아들 듀크 레이얼이 무엇을 상상하고 있는 것인지 알고 있는 듯 차갑게 웃으며 입을 열었다.

"훗! 할렘에 돈을 찔러주면 그 동양 연놈을 내 앞에 데려다 줄 쓰레기들이 즐비할 것이다. 그것들이 정말 토마스를 치료해 살려낸 것이 맞고 그렇게 젊은 모습으로 변하게 만든 것이 사실이라면 아예 내 옆에 묶어놓고 평생 노예로 살다가 죽게 할 것이다. 네가 그 계집이 마음에 든 모양인데 그 계집년은 네놈이 삶아먹든 구워먹든 죽이지만 않는다면 상관하지 않을 것이니 내 곁으로 끌고 오기나 해."

듀크 레이얼이 머리를 숙였다.

"알겠습니다 아버지."

대답을 들은 로빈 레이얼이 만족한 듯 머리를 끄덕였다.

이내 그의 눈이 난장판으로 변해 있는 아파트의 내부를 바라보았다.

로빈 레이얼의 눈살이 찌푸려졌다.

"쯧, 이 난장판을 본다면 헬렌이 난리를 칠 것 같군 그래."

헬렌은 이곳에 살고 있는 로빈 레이얼의 정부였고 듀크 레이얼도 이미 알고 있는 여자였다.

20대 후반의 그녀는 뉴욕의 에이전시에 등록된 모델로서 180cm가 넘는 훤칠한 키에 풍만한 가슴과 엉덩이를 자랑하는 여인이었다.

로빈 레이얼이 뉴욕의 행사장에서 우연하게 만나게 된 것을 인연으로 모델 일보다는 로빈 레이얼의 정부로 새로운 삶을 살고 있는 중이었다.

듀크 레이얼이 살짝 이마를 찌푸렸다.

"오늘밤은 퀸즈의 집으로 오지 않으실 겁니까? 어머니가 기다리고 계실 텐데요?"

퀸즈는 이스트강 건너 뉴욕 브루클린의 북쪽에 위치하고 있었고 로빈 레이얼의 아내 린다 레이얼이 살고 있는 로빈 레이얼의 본가가 있는 곳이었다.

로빈 레이얼이 차갑게 웃었다.

"알면서 왜 묻는 것이냐?"

듀크 레이얼이 머리를 긁었다.

"가끔은 어머니께 들러보시는 것이 좋을 것 같습니다."

"흥! 만나면 싸우기만 할 뿐이라는 것은 너도 잘 알지 않느냐?"

로빈 레이얼과 그의 아내 린다 레이얼은 서로 마주치면 조용하게 넘어가는 경우가 드물었다.

그것은 아들인 듀크 레이얼도 잘 알고 있는 사실이었다.

"알겠습니다."

듀크 레이얼이 체념한 듯 머리를 숙였다.
그때였다.
찰칵.
아파트의 현관에서 자물쇠가 풀리는 소리가 들리면서 이내 아파트의 문이 열렸다.
아파트의 내부는 70평이 넘는 구조였기에 아파트 현관문도 양쪽으로 열리도록 되어 있었다.
이내 안으로 누군가 엉덩이부터 밀고 들어왔다.
엉덩이 위로 들어서는 사람이 여자라는 것을 증명하듯 풍성한 금발이 허리춤까지 내려와 찰랑거렸다.
문안으로 들어서는 사람은 쇼핑백을 양 팔에 가득 걸고 있는 늘씬한 여인이었다.
굽 높은 구두가 안으로 들어서는 여인의 가냘픈 양 발에 신겨져 있었고 뒷모습만 보이는 여인의 몸매는 몹시 가냘팠다.
누군가 본다면 저절로 침을 삼킬 정도로 매혹적인 몸매의 여인이다.
이내 아파트 안으로 들어선 여인이 몸을 돌리다 아파트의 안에 두 명의 남자가 서서 자신을 바라보고 있는 것을 발견하고 움찔했다.
“로, 로빈!”
여인의 새빨간 입술이 벌어지며 놀란 목소리가 흘러나

왔다.

로빈 레이얼이 피식 웃었다.

"쇼핑했나보군?"

여인은 이곳에 거주하고 있는 헬렌 루이스였다.

본명은 헤레나 루이스였지만 헤레나라는 이름보다는 헬렌으로 불리길 좋아하는 전직 모델출신의 여인이었다.

헬렌 루이스는 정부인 로빈 레이얼과 그의 아들 듀크 레이얼이 거실 한가운데 서 있는 것을 보며 눈을 껌벅이다가 이내 아파트 내부가 완전하게 난장판으로 변한 것을 보며 입을 쩍 벌렸다.

"꺅!"

멀쩡한 곳이 단 한곳도 없을 정도로 엉망으로 변한 내부의 모습에 헬렌 루이스의 얼굴이 하얗게 질려갔다.

로빈 레이얼이 이마를 찌푸렸다.

"놀랄 필요 없어. 헬렌. 로비에 연락해서 청소부나 올려보내라고 해."

로빈 레이얼이 정부인 헬렌 루이스와 함께 지내기 위해 매입한 이곳 트럼프 타워의 아파트 한 채의 가격은 미화 1,850만불이 넘는다.

당연히 아파트를 관리하는 관리인이 상주하는 곳이었고 청소를 대행하는 청소부도 늘 대기하고 있었다.

헬렌 루이스가 큰 눈을 껌벅이며 물었다.

"이, 이게 뭐예요?"

헬렌 루이스는 로빈 레이얼의 성격을 너무나 잘 알고 있었다.

로빈 레이얼이 이런 식으로 화를 내는 경우는 그야말로 엄청난 일이 벌어진 것을 의미했다.

로빈 레이얼이 이마를 찌푸렸다.

"그냥 일이 잘 풀리지 않아 화가 좀 날 일이 있었어."

로빈 레이얼이 헬렌 루이스에게 레이얼 시스템의 내부사정을 일일이 설명해 줄 일은 없었다.

헬렌 루이스가 듀크 레이얼을 바라보았다.

"듀크! 이게 어떻게 된 일이에요? 로빈이 왜 이래요?"

듀크 레이얼이 머리를 흔들었다.

"헬렌은 몰라도 됩니다."

나직하게 말을 뱉은 듀크 레이얼이 머리를 돌려 아버지 로빈 레이얼을 보며 입을 열었다.

"그럼 저는 돌아갈게요 아버지."

"그래."

"아버지가 지시하신 일은 바로 진행하겠습니다. 은행에 근무할 당시에 제가 알고 있는 사람이 있으니 그 사람에게 부탁하면 해결될 수 있을 겁니다."

"알았다."

로빈 레이얼이 무심한 얼굴로 대답했다.

이내 듀크 레이얼이 헬렌 루이스에게 시선을 돌리며 입을 열었다.

"전 이만 돌아갈게요. 헬렌. 그리고 아버지 말대로 청소부를 불러서 빨리 여길 치우는 게 좋겠습니다."

말을 마친 듀크 레이얼이 좀 전에 헬렌 루이스가 엉덩이로 밀고 들어온 현관문을 향해 걸음을 옮겼다.

문을 나서기 전에 힐끗 머리를 돌려 아파트 내부를 훑어본 듀크 레이얼의 입가에 묘한 미소가 떠올랐다.

"아버지가 말씀하신 대로 일을 처리한다면 나도 이런 아파트를 사야할 것 같군. 그 암팡스러운 년과 함께 지내기에는 더없이 좋을 것 같으니 말이야."

낮은 목소리로 중얼거리는 듀크 레이얼의 목소리는 귓속말처럼 작아서 아버지 로빈 레이얼이나 아버지의 정부인 헬렌 루이스에게는 들릴 가능성이 전혀 없었다.

이내 문을 열고 아파트 현관을 나선 듀크 레이얼이 엘리베이터가 있는 곳으로 걸음을 옮기며 한 명의 얼굴을 떠올리고 있었다.

그가 떠올리고 있는 사람은 그가 뉴욕의 은행에 근무할 때 알게 된 비대한 체격을 가진 40대의 남자였다.

듀크 레이얼이 알고 있는 사람 중 가장 나쁜 남자로 그의 직업은 포주였다.

엘리베이터의 호출버튼을 누른 듀크 레이얼이 눈을 깜박

이며 이곳을 나서는 즉시 어디로 가야 할지 머릿속으로 생각하고 있었다.

* * *

벌컥.

사장실의 문이 열리면서 하얗게 질린 얼굴의 서진화 대리가 안으로 뛰어들었다.

"사, 사장님!"

서진화의 얼굴은 백지장처럼 창백했고 몸까지 가늘게 떨고 있었다.

1시간 전에 동신그룹의 정인학 대리와 이배영 부장이 돌아간 뒤였기에 이제 퇴근시간이 가까웠다.

평소라면 퇴근시간에 맞추어 얼굴의 화장을 고치고 업무 마무리를 하느라 분주한 서진화답지 않은 모습이다.

한종섭이 눈을 동그랗게 뜨면서 서진화를 바라보았다.

"뭔데 그렇게 호들갑이야."

한종섭은 미국의 레이얼 시스템 본사의 데니얼 엘트먼 이사에게서 걸려온 전화의 내용을 직원들에게 설명하지 않았다.

데니얼 엘트먼 이사가 허튼소리를 할 사람은 아니었지만 그렇다고 아직 확실하게 결정되지 않은 사실을 직원들에게 자랑삼아 말하고 싶은 심정이 아니었다.

서진화가 하얗게 질린 얼굴로 몸을 떨며 입을 열었다.

"바, 방금 미국의 레이얼 시스템 본사에서……."

순간 한종섭의 표정이 굳어졌다.

"레이얼 시스템의 본사에서 무슨 일이 있어?"

한종섭은 자신도 모르게 의자에서 몸을 반쯤 일으켰다.

레이얼 시스템과 서진무역이 정식으로 새로운 형식의 서비스 용역계약을 다시 한다는 말과 자신이 운영하는 서진무역과 합작회사를 설립하자는 제의를 들었던 상황에서 또다시 레이얼 시스템과의 업무가 방향이 틀어지고 있다는 직감이 들었다.

한종섭이 놀란 얼굴로 서진화 대리의 얼굴을 바라보자 서진화가 덜덜 떨리는 목소리로 입을 열었다.

"레, 레이얼 시스템에서 방금 영문을 모르는 돈이 네 차례에 걸쳐서 입금되었어요."

서진화는 몸까지 바르르 떨고 있었다.

그 말을 듣는 순간 한종섭의 눈이 커졌다.

"네 차례에 걸쳐서 입금되었다고?"

서진화가 떨리는 목소리로 대답했다.

"그렇다니까요."

한종섭이 급하게 물었다.

"얼마야?"

"그게 처음에는 미화 500만불이었고 그다음에는 1,000만불 그리고……."

서진화는 서진무역에 입금된 금액이 상상을 초월했기에 입 밖으로 꺼내는 것도 오금이 떨릴 지경이었다.

한종섭이 재차 물었다.

"그다음에 32억불이고 마지막 입금이 12억불이었어?"

서진화 대리가 하얗게 질린 얼굴로 한종섭 사장을 바라보았다.

"사장님이 그것을 어떻게 아세요? 미리 아시고 계셨어요?"

서진화는 이미 사장님이 레이얼 시스템에서 서진무역으로 입금한 돈의 액수를 알고 있다는 것에 눈을 동그랗게 떴다.

그때였다.

사장실의 문 밖에서 서진화 대리의 책상에 놓인 전화기가 계속해서 울려대기 시작했다.

따르르르릉.

따르르르릉.

전화기가 울려대고 있었지만 서진화는 사장실을 나갈 생각을 하지 않았다.

한종섭의 얼굴이 벌겋게 달아올랐다.

데니얼 엘트먼이 언급했던 서진무역과 레이얼 시스템의

서비스 용역에 대한 계약금 500만불과 고정서비스 대금 1,000만불.

그리고 토마스 레이얼 회장이 사위 김동하와 딸 한서영에게 자신의 생명을 살려준 대가로 약속했다고 하는 보수 32억불을 포함해서 서진무역과 레이얼 시스템과의 합작회사를 설립할 자금 12억불까지.

말 그대로 단 한 푼도 어기지 않고 고스란히 입금되었던 것이다.

한종섭도 손이 덜덜 떨리는 느낌이었다.

한종섭이 서진화 대리를 보며 입을 열었다.

“지, 지금 당장 전 직원들을 모아. 지금 당장 말이야.”

서진화가 급하게 머리를 끄덕였다.

“아, 알겠어요 사장님.”

서진화가 허겁지겁 사장실을 나서려던 순간 서진무역의 분자계측기 영업담당 과장인 김기덕이 급하게 열려진 사장실 문으로 안쪽을 들여다보며 입을 열었다.

“서대리, 한성은행에서 우리 서진무역의 책임자를 바꿔 달라고 하는데 이거 어떻게 된 거야?”

서진화의 책상 위의 전화기가 끊임없이 울리고 있었기에 견디다 못한 김기덕 과장이 대신 전화를 받은 모양이었다.

한성은행은 서진무역의 주거래 은행이다.

서진화가 멈칫했다.

한성은행이라면 서진화로서는 상대도 하기 싫은 곳이라고 할 수가 있었다.

주거래 은행으로서는 너무나 인색한 곳이었기 때문이다.

오래전 서진무역이 자금난을 겪어 폐업직전까지 몰렸을 때 그때까지의 거래실적과 서진무역에 입고된 장비를 담보로 대출을 요청했지만 결국은 냉정하게 거절한 곳이 바로 한성은행이다.

물론 당시의 담보물에 비해 서진무역에서 요청한 자금규모가 컸기에 어쩔 수 없었다고 하지만 꾸준하게 거래관계를 이어오고 대출된 자금으로 도입할 새로운 설비까지 담보를 감수한다고 했음에도 결국은 대출요청이 무마되었다.

한종섭이 어쩔 수 없이 아내인 이은숙의 동의를 얻어 단 하나뿐이었던 아파트까지 담보로 제시하고 결국 대출을 받았던 해프닝도 있었다.

그뿐만 아니라 마치 확인이라도 하듯 거의 매일 사무실로 전화를 걸어와 대출금 이자상환에 대한 압박이 들어왔기에 서진화로서는 한성은행이라면 아예 치를 떨 정도였다.

서진무역과 한성은행과의 통화는 거의 모두가 서진화 대리를 통해서 이루어졌기 때문이다.

뒷날 대출한 자금을 모두 갚은 후에 주거래 은행을 바꾸자고 한종섭 사장에게 건의했지만 그는 그냥 빙그레 웃기만 했던 것이 서진화에겐 꽤나 분했던 기억으로 남겨져 있었다.

진저리나던 대출금의 상환 이후 한성은행과의 통화는 거의 없었기에 지금의 상황은 무척이나 놀라웠다.

서진화가 한종섭 사장을 바라보았다.

"한성은행에서 우리 서진무역으로 엄청난 자금이 입금된 것을 알았나 봐요. 이거 어떻게 해요?"

한종섭이 굳은 얼굴로 입을 열었다.

"서대리가 받아봐."

"알겠어요."

서진화가 신이 난 표정으로 몸을 돌렸다.

레이얼 시스템의 본사에서 서진무역으로 무슨 이유로 이런 엄청난 자금을 입금했는지는 모르지만 오랜만에 한성은행에 고소하게 한방 먹일 수 있어서 신났다.

한종섭이 문밖에 서 있는 김기덕 과장에게 소리쳤다.

"김과장!"

"예! 사장님."

"지금 전부 회의실로 모이라고 해. 한 명도 빠짐없이 다 모여야 해. 하던 업무가 있어도 전부 접고 지금 당장 말이야."

한종섭의 얼굴은 벌겋게 상기되어 있었다.

레이얼 시스템에서 서진무역에 입금된 총액은 모두 44억 1,500억 달러였다.

한화로 따진다면 지금의 환율로 5조 2,690억원이라는 천문학적인 자금이 입금된 것이다.

말 그대로 하늘에서 돈벼락이 쏟아졌으니 한종섭으로서도 흥분할 수밖에 없었다.

오전까지만 해도 출장비를 정산하면서 이번 달에 직원들에게 지급해야 할 급여걱정을 하던 그였다.

하지만 지금은 대한민국의 최고 대기업이라고 해도 서진무역보다 현금자산을 많이 보유하고 있을 곳은 없다는 자신감이 들었다.

한종섭이 굳은 표정으로 잠시 자신의 책상을 보다가 어금니를 깨물었다.

한종섭이 양복을 걸치고 상기된 얼굴로 방문을 나섰다.

서진무역의 총무부 대리이자 경리담당까지 겸하면서 바쁠 때는 한종섭 사장의 개인비서까지 담당하고 있던 서진무역의 홍일점 서진화 대리의 책상은 한종섭 사장의 사장실 바로 입구 쪽이었다.

방문을 나서는 한종섭의 귀에 서진화의 목소리가 들려왔다.

"일단 알겠으니 사장님과 상의를 해볼게요."

아마 한성은행에서 서진무역으로 입금된 자금의 내역을 파악하고 서진무역이 지금까지 주거래 은행으로 거래해왔던 관계를 계속 유지하자고 요구하는 모양이었다.

서진화의 목소리에는 살짝 힘이 들어가 있었다.

"글쎄 그건 우리 사장님과 협의를 해야 한다니까요. 지금 우리 사장님 무척 바쁘셔요."

서진화가 마치 놀리듯 뾰로통한 얼굴로 통화를 하고 있었다.

서진화 대리가 막 사장실을 나서는 한종섭 사장을 발견하고는 빠르게 입을 열었다.

"일단 지금 사장님 회의 중이시니 나중에……."

말을 하던 서진화가 이마를 찌푸렸다.

상대가 다급하게 서진화의 말을 자른 것 같았다.

이내 상대가 무슨 말을 하는 것인지 모두 들은 서진화가 살짝 달아오른 얼굴로 입가에 미소를 머금고 입을 열었다.

"알겠어요. 그럼 내일 아침에 지점장님께서 직접 방문하실 것이라고 보고드릴게요."

말을 마친 서진화가 전화기를 내려놓았다.

전화기를 내려놓고 일어서는 서진화의 표정은 마치 몇 년을 묵었던 체증이 내려간 듯 후련해 보였다.

한종섭이 웃었다.

"서대리는 신나는 모양이군?"

서진화가 이를 드러내며 웃었다.

"전에 당한 게 아직도 체해 있었던 모양이에요. 헤헤."

노처녀라고 불러도 좋을 서진화 대리였지만 이렇게 웃는

모습은 나이답지 않게 어린소녀처럼 귀엽다고 느껴질 정도였다.

"회의실로 가지."

"네."

서진화가 회의실로 향하려다 잠시 갸웃하면서 좀 전에 내려놓은 전화기를 아예 수화기를 들어 책상에 올려놓았다.

전화기뿐만 아니라 팩스까지 모두 내려놓아 버렸다.

서진무역의 대표전화는 이제 누구라도 전화를 걸어오면 통화중이 되어 버린 상황이다.

서진화가 후련한 표정으로 한종섭 사장의 앞에 나서서 앞장서서 회의실로 향했다.

서진무역의 회의실은 보통 서진무역에서 취급하는 설비의 설계도를 점검하거나 납품된 장비에 걸린 클레임을 분석하기 위한 장소로 이용되었기에 어수선하고 지저분한 느낌이 드는 곳이었다.

회의실답지 않게 벽에는 설비에서 교체된 부품들이 책장 같은 물품보관함에 진열되어 있었고 서진무역에서 이용하는 장비들도 구석구석에 놓여 있었다.

좁은 서진무역의 사무실로서는 비좁은 환경을 어쩔 수 없이 이런 식으로 이용하고 견뎌야 했다.

한종섭 사장과 서진화 대리가 회의실로 들어서자 사장의 긴급소집에 영문을 모르고 모인 서진무역의 전 직원들이 한종섭 사장을 기다리고 있었다.

내일 떠나야 할 출장을 준비하고 있던 것인지 서진무역의 단 한 명뿐인 유한선 고문이 검은 가중가방을 테이블 위에 놓아둔 채 엉거주춤 서 있었다.

서진무역의 전 직원은 사장인 한종섭까지 모두 포함해서 21명이 전부였다.

잦은 출장과 바쁜 업무로 인해 직원의 숫자를 늘려야 했지만 자금사정과 급여부담으로 어쩔 수 없이 지금의 인원으로 버티고 있는 중이었다.

"무슨 일입니까? 사장님!"

유한선이 두꺼비 같은 눈을 껌벅이며 한종섭을 바라보았다.

한종섭이 싱긋 웃었다.

"드릴 말씀이 있으니 유고문도 잠시 앉아 보세요."

한종섭의 말에 모두가 영문을 모른다는 얼굴로 자리에 앉았다.

유한선이 머리를 갸웃하며 한쪽에 밀어놓은 의자를 당겨 자리에 앉았다.

회의실의 테이블에는 의자가 10여 개밖에 없었기에 연차가 모자라거나 나이가 어린 직원들은 한쪽 벽에 서서 한종섭 사장을 바라보았다.

한종섭이 잠시 서진무역의 직원들 전원의 얼굴을 훑어보

았다.

잠시 말머리를 다듬던 한종섭이 입을 열었다.

"아직 정식으로 확정이 된 것 같지 않아 확정이 되면 말을 해 줄 생각이었지만 좀 전에 서대리로부터 보고를 받는 순간 확정이 난 것 같아 이렇게 여러분들께 전하게 되었습니다."

직원 한 명이 급하게 물었다.

"뭐가 확정이 된 겁니까? 사장님."

한종섭이 빙긋 웃었다.

"여러분에게 말하지 않았지만 오늘 오후에 두 가지의 일이 있었습니다. 하나는 눈치 빠른 직원이라면 눈여겨보았겠지만 오후에 두 명의 손님이 절 찾아왔습니다. 미리 전화로 약속을 하고 찾아온 손님이었지요. 그 사람들은 여러분이 잘 알고 있는 동신그룹의 본사 기획실의 직원이었습니다."

한종섭의 말에 서진무역의 직원들이 굳은 얼굴을 했다.

동신그룹과 같은 대기업에서 서진무역을 찾을 경우는 그다지 많지 않았다.

간혹 찾아올 경우에는 계열사에 장치된 장비를 보수하는 것을 의뢰하기 위해서였다.

장비업체의 본사가 외국에 있을 경우 서비스팀을 불러 처리하기에는 시간이 촉박해서 그나마 시스템 설비분야에서는 나름 인지도를 가지고 있는 서진무역에 용역을 의뢰한다.

방금 한종섭 사장이 동신그룹을 언급하자 서진무역의 직원들은 이번에도 그런 경우라고 짐작했다.

한종섭이 다시 입을 열었다.

"일단 오후에 전화로 약속을 하고 만난 동신그룹에서 우리 서진무역에 의외의 오더를 제시해 왔다는 것을 일단 먼저 직원 여러분께 말씀드립니다. 동신그룹의 제안은 대덕에 세워질 동신그룹의 하부계열사인 미래화학에 납품될 시스템 설비의 장비를 우리 서진무역을 통해 진행하겠다는 제의였습니다. 거래규모는 100억 이상의 규모였습니다."

순간 서진무역의 직원들 얼굴이 딱딱하게 굳었다.

서진무역의 일 년 영업규모가 고작 50억원 전후라는 것을 모르는 직원들은 없었다.

"사, 사장님. 그게 정말입니까?"

동신그룹과 같은 대기업이라면 말 그대로 엄청난 제안이었고 대형오더라고 할 수 있다.

어쩌다 간혹 들어오는 최고의 오더는 10억원 규모의 시스템 설비에 관한 오더였다.

그런 상황에서 동신그룹의 100억이 넘는 초대형 오더는 말 그대로 꿈에서도 소원하던 거래라고 할 수 있을 것이다.

서진무역의 전 직원의 얼굴이 벌겋게 상기되었다.
"받아야 합니다. 사장님."
"뼈가 가루가 될 때까지 일할 테니 동신의 오더는 받으십시오."
직원들이 이구동성으로 외쳤다.
한쪽에 앉아 있던 유한선 고문까지 얼굴이 벌겋게 달아올라 있었다.
그는 자신이 사장인 한종섭보다 더 많은 보수를 매달 받는다는 것을 알고 있었다.
일의 특성상 연봉제로 할 수가 없는 상황이었기에 매달 지급되는 실적에 따른 보수가 늘 사장인 한종섭보다 많았다는 것이 미안했던 유한선이었다.
유한선은 한종섭 사장이 당연하게 동신그룹에서 제의한 오더를 수용할 것이라고 생각하고 있었다.
한종섭이 상기된 얼굴로 자신을 바라보는 서진무역의 직원들을 보며 다시 입을 열었다.
"일단 동신에서 제의한 오더는 좀 더 생각해 본다는 것으로 결정했고 이후 동신의 책임자를 다시 만나 최종적으로 결정하기로 했습니다."
"아!"
"반드시 오더를 받아야 합니다."
"사장님!"

한종섭이 빙그레 웃으면서 입을 열었다.

"한 가지 더 있으니 일단 들어보도록 하세요."

한종섭의 말에 직원들이 상기된 얼굴로 머리를 들어올렸다.

동신의 오더를 받기로 결정되면 적어도 1년 이상은 서진무역이 정신없이 돌아가게 될 것이다.

늘 후임자가 없다고 투덜거리던 설비팀의 막내 김윤기 대리에게 막내로 신입직원이 채용되어 배치될 수도 있다.

한종섭이 서진화 대리를 보며 입을 열었다.

"서대리. 아까 레이얼 시스템에서 보내온 내역을 말해줘요."

한쪽에 서 있던 서진화가 눈을 반짝이며 대답했다.

"네. 사장님."

대답을 하는 서진화 대리의 목소리가 꾀꼬리처럼 맑았다.

〈다음 권에 계속〉